漫泉咏叹

卫建宏　著

陕西新华出版传媒集团

太白文艺出版社·西安

图书在版编目（CIP）数据

漫泉咏叹 / 卫建宏著. —— 西安：太白文艺出版社，
2022.7（2023.1重印）
ISBN 978-7-5513-2170-9

Ⅰ.①漫… Ⅱ.①卫… Ⅲ.①散文集 – 中国 – 当代
Ⅳ.①I267

中国版本图书馆CIP数据核字(2022)第081232号

漫泉咏叹
MANQUAN YONGTAN

作　　者	卫建宏
责任编辑	史　婷　汤　阳
封面设计	淡晓库
版式设计	建明文化
出版发行	陕西新华出版传媒集团
	太白文艺出版社
经　　销	新华书店
印　　刷	三河市同力彩印有限公司
开　　本	787mm×1092mm　1/16
字　　数	220千字
印　　张	17.5
版　　次	2022年7月第1版
印　　次	2023年1月第2次印刷
书　　号	ISBN 978-7-5513-2170-9
定　　价	58.00元

序

　　建宏的《漫泉咏叹》要出版了，他将打印成册的文稿托人给我早早送来，嘱我写个序，我欣然答应了。看着厚厚的稿子，心里的思绪像是被风吹起了一样在飞，想写的话越多，便越不知如何下笔才好，一拖再拖，建宏催促说："就等你的序了。"我这才又一次整理了一下自己的思绪，把想说的话照实写下，算是为这本不事雕琢、朴实无华的作品集送上我的一片心意。

　　说实在的，当看到建宏这集子厚厚的清样时，那一刻，钦佩之情油然而生，我不由得打心里佩服建宏几十年来执着如一、笔耕不辍的勤奋精神。要知道，这些作品许多都是在他担任不同的领导职务，在他繁忙的工作之余写作完成的。从参加工作直到现在，他在文学创作的路上足足坚持了三十多年，足见他对文学心存的那份不曾动摇、不曾消减的炽热追求。这让我想起了陈忠实先生那句鼓舞了无数心怀文学梦想的人的话："文学依然神圣。"从建宏的这本集子中，我便能强烈感受到——文学的确依然神圣。

　　这本集子中收录的散文和随笔特别的意义在哪里？我以为至少有下面这几点值得细思慢品。

首先，这些文章让我们能够沿着时间的脉络，清晰地追寻时代变化的印迹。集子中收录最早的文章写在1989年，最近的文章则是写在2017年，时间跨度达28年。要知道，这段时间，可真是时代变化、社会变迁剧烈又巨大的一段时间。岁月的风雨在建宏的文章中留下了深深的烙印。读着其中任一篇文章，都会把你带到"那时"的回忆中去，让你不知不觉完成一次回望与回归，感受和回味生活和奔忙在"那时"的作者的所思所想与所感所悟，重温"那时"的天时、物象和世事，家国、社会与亲人。刘勰的《文心雕龙》里有句话："文变染乎世情，兴废系乎时序。"文可观世情，文能察时序。从这个意义上说，这个集子的文章着实是作者个体对时代真实的感知和记写。

　　其次，这些文章让我们能够顺着作者的笔触，强烈地感受到字里行间炽热的家国情怀。敬天敬地敬人，爱亲爱家爱国，这是中华文化的精神底色和基本元素。毋庸置疑，文学从来就是与情感、情意、情怀紧紧地联系在一起的。建宏是极重感情的人，他的重情是包含着一种执着和执拗的个性特点的。因了一个"情"字，他的文章多了几分抓心挠肝的动点，多了几分质朴直观的境界，多了几分挥之不去的韵味。收入这个集子中的文章，无不浸透和洋溢着浓浓的情怀。作者写河写湖，写川写塬，写街、村、家、炕，写雪、雨、树、蚕，那其中的殷殷之情让人心动鼻酸。特别是集子中收录的10多篇写亲情的文章，尤为令人感动，作者从高祖写到爷奶，从父母写到儿子，从岳父母写到干爹妈，写舅舅，写姊妹，写妻子——亲人的情，成为建宏精神世界的本源。透过四季岁月、乡土世事，读者感到的是建宏深沉、深厚、深长的人间情意、家国情怀。这种情意情怀是那么质朴无华、真切动人。这又让我想起了一句话，"文学就是人学"，此言无妄，此言有理。

再者，这些文章让我们能够随着作者的语句，自然地领受朴实无华的文字是多么自然耐读。朴素自然，历来就是中国文学相对存在的审美价值取向。这种价值取向，一直是贯穿于中国文学几千年传统的主流审美取向。从《诗经》的"关关雎鸠，在河之洲""蒹葭苍苍，白露为霜"，到近现代的经典诗文，无不是以朴素为最美。文贵天成，妙在自然。建宏这个集子中的文章一个突出的特点就是"朴素"二字。朴素最具感染力和穿透力。他的文章从标题到行文，真可谓是沾着露珠，带着泥土，不事雕饰，本色呈现。唯其如此，这些文章才有了平常人的平常心，平常人的平常味。文如其人，建宏的文章正如他的人一样朴素朴实，如此，美便在其中了。

我和建宏有几十年的工作交情，自他参加工作起，我们一起在一个叫作权家河矿的子弟学校教书。那时，都是文学青年，都有相同的文学爱好，这便成了文友。他从几十年的散文和随笔创作中编选了这个作品集，实在是一件很有意义的事情。我写了上面的感受，作为这个集子的序，自然也包含了对建宏的一份祝愿。

李永刚

2022年5月28日清晨

前言

　　一直以来，我都比较喜爱文字。上学的时候，作文写得就比较好；上班之后，所从事的工作也一直与文字脱不了关系。即便是以后岗位发生了多次变化，但是，我始终没有放下手中的笔，许多文件和材料都是自己动手起草。再有点空闲，就坚持写点日记和博客之类的，生怕手中的笔生了锈，更重要的是担心丢掉了赖以生存的饭碗。

　　我天生喜爱文字，也比较容易被文字所打动。过去，我喜欢阅读文学作品，比如小说、散文、评论等，基本上是长年的精神食粮，常常也会被作品中一些生动的故事、出乎意料的情节和优美的语言所打动和陶醉。当然了，在阅读别人作品的时候，我也经常动笔记录一下自己头脑中迸发出的感悟生活的些许火花，赞美一下充满活力的生活，鞭挞一下现实中的阴暗面。偶尔，我也会将一些随笔投给企业的内部报刊，大多数情况下会被采用。多年下来，我手头也积攒了不少企业内部报刊刊登过的"豆腐块"，闲暇之余，翻阅一下，人生的一些经历便浮现眼前，过去的日子历历在目，私下感觉还有点味道。

　　长期以来，我把著书立说看得非常神圣。总认为，能够著书立说者，基本上都是人群中的专家教授，或者睿智之人、圣贤之人，他们往往都能站在中国社会不同时期和阶段的学术及道德制高点上。远的不说，我初中时候的语文老师权佳果，后来考取了渭南师范学院和北京师范学院，并长期在渭南师范学院任教，担任哲学课程的授课任务。他在博览群书的基础上，矢志追求，专攻哲学，先后已经出版五六部著作专辑。我的这位老师基本上把人生的大部分精力都投在了学术研究和追求真理的征途上，也取得了丰硕成果。用一些知情人的话讲，这位老师是位"奇人"。权老师思想的高度和深度，令人敬仰和赞叹，像他这样的"奇人"才有底蕴和资本去著书立说，他的研究和思考成果终归是一笔宝贵的精神财富。

现代社会的传媒比过去发达多了，媒体的形式也更加多样。特别是电脑、互联网、智能手机普及之后，人们之间的交流更加便捷，文字之类的东西就更容易传播到大众之中。过去创作一篇文章，要呈现给广大读者，要么是通过报纸杂志发表，要么是通过电视、广播播放，前提是要经过严格审查，一家之言要成为媒体"声音"的门槛很高，普通人基本上无法做到。现代社会，传媒发达了、便捷了，言论也相对更加自由，不管什么人，只要不反党、不反社会主义、不反祖国，想说什么事、想表达什么感情，基本上不受太大的限制，网络上的博客、播客和微信都是传播言论非常重要的载体和平台。一句话，个人表达情绪、思想和认识的平台更多了，相对也容易了，著书立说似乎也更加平民化、大众化。

一个人在这个社会上走一遭，最终能够给社会留点什么，给家庭留点什么，应该是每个人必须认真对待的问题。初中的时候，刚进校门就安排一门课程叫"青少年修养"，开篇讨论的就是世界观、人生观和价值观的问题，主要是围绕人生价值体现在奉献还是索取上来展开的。人生到底是奉献，还是索取，这是一个最基本的问题，不同的人会给出不同的答案。但是，中国传统士大夫所追求的"达则兼济天下，穷则独善其身"的理想却依然有着较强的现实意义。一个人的价值怎么体现，归根结底，要看一个人对社会做了多大的贡献，而不是看他从这个社会上获得了多少、拥有了多少财富。20世纪40年代中国的首富荣德生先生说："人生必有死，两手空空而去。钱财有何意义，传之子孙，也没有听说可以几代不败的。"至此，人生因何而来、如何而去，这辈子能给社会留下点什么，就成了衡量一个人人生价值的最重要指标。

多年来，由于自己的兴趣爱好，在业余时间写了点文字，部分还在企业报刊刊登发表。尽管不是什么金玉良言，抑或什么高深理论，但总是自己所见、所闻、所思、所爱的真实感受和情怀。适逢这么一个言论较为自由的开明盛世，遂从百余万文字中选出若干，分为"四季流香""岁月溢彩""乡土陈韵""世事心悟""亲情绵长""人间百味"六个部分，结集成册，既留下人生的心路历程，又为挞丑颂美、抑恶扬善、怀古咏今奉献点滴之力。这也是我长期以来的心愿，但愿不会贻笑大方。

我出生在蒲城的卤阳湖北岸，童年、少年就在那里无忧无虑地度过。小村附近有一条干涸的沟壑，名曰漫泉河。但河中却分明没有水，只是在夏秋涝季，沟底才会积聚少许雨水。这条河原本是上游沟底涌出的潺潺泉水流经而成，只是在20世纪70年代使用机井抽水之后，泉水才慢慢消失，致使小河断流，成了干沟。小河的涨枯必定会引起周围生态的变化，我以为这些变化比较契合我思绪跌宕起伏的旋律和节奏，便决定以《漫泉咏叹》命名这本小册子，不妥之处敬请各位批评指正。

因之于对文字的喜爱，也便收获了这本小册子，也可算作农人的一季收成吧！

2014 年 10 月 30 日

目 录

第一辑／四季流香

寻访西河

听说西河很耐人看，我就乘返校之机，顺路转一转。

那日，我和女友分别，顺着那条盘延在黄土梁上的小路一味地走着，心中茫然纷乱。走着走着，只见周围是漫无边际的荒坡土岭和一条又一条纵横交错的沟壑峡谷，我不敢再走了。这时，有几个小孩疾步轻盈地走过，我忙问话。他们挺热心，带我越过沟、翻过岭，走出了这截最容易出错的道，然后指给我去西河的路。

一条很深很窄的沟横在面前，对面才是小孩指点的小径。我看着这沟底依稀的脚印，心一横，顺着土坡溜了下去，鞋内灌满了土。一条极细极小的浅绿色水流，沿着这狭窄的沟底跳荡而去。我跨过小流细水，攀着陡峭的沟壁，爬上沟沿，踏上了小孩所指的羊肠小路。这时，我才发现手背上有几处渗出了血，浑身的衣服都贴在了身上。

这条小路好像许久未有人走过，表面是一层消融的冻土，没有新添的脚印。路随坡势，时缓时急、时下时上，时穿过狭沟、时随塬起伏。好几处已被开垦出来，种上了庄稼。麦子正拔节抽条，鲜亮鲜亮的，几乎覆盖住小路。我怕走不过去怎么办？又一想，前人走出来的路，后人还要继续走，要不这路就要消失在这片土地上。我硬着头皮走去，真难料，走过迷茫，走过犹豫，又是一条荒凉的羊肠小道出现在眼前。我想，这路如果再没人走，就会消失，或被遗忘，恐怕这是走出这路的前人所不愿意看到的！我抬起头，望了望那伸向远方的小路，鼓足劲儿大踏步地向尽头走去。虽然中途打过几个寒战，但最终还是走了过来。我心中无限欣慰。

西河到了，一河清亮清亮的水，淙淙地向远方流着，好像一条飘逸的绿绸带。我的心为之一松，身子倏然没了力气。我领略着这里的景观，回味着刚才一路所遇，心中好似长出了一片肥沃的绿洲。此时，我想起了女友。

我敢肯定，这片绿洲是经历了方才的迷茫、犹豫和寒战之后所获得的"又一村"。正所谓，不经历风雨，岂能见彩虹？

载 1989 年 12 月《盗火者》

酸枣儿

我生在乡下，长在塬下平原地带。农村孩子出门较少，我到14岁时还没走出过家乡的县城。山呀，水呀，仅仅是停留在地理课本中的字眼。

参加工作，分到有山、有水、有沟、有崖的地方，起初的好奇还激发了我无数的灵感，迸发出些许火花。可是，时间稍长，我便体会到了山、水、沟、崖的不足和缺陷。到底还是生我养我的平原好！此后，心中便平添了几多烦躁，且时常袭扰心绪。

偶然的机会，儿子认识了酸枣儿这种野果，非要我带他去采摘。假日没事，我便应允了他，正好也散散我郁闷的心情。说实在的，我对酸枣儿从来没仔细打量过，只知道是长在沟畔崖边放羊娃吃闲嘴的果子。

这回，再看见酸枣儿时，我不由得被吸引住了。只见那陡峭的崖壁上、平缓的沟坡头、新耕种过的田地边，都长满了郁郁葱葱、密密麻麻的酸枣树，一团团、一簇簇，无数的酸枣儿缀满枝头。适逢秋收季节，有的果儿红里透紫，有的艳红艳红，有的绿亮绿亮，勾动人心中的"馋虫"。我刚伸出手触到树上，一阵针刺般的疼痛，手已缩回到嘴边。细瞧，手背已扎上了几个细刺，有一处已渗出了血。

总算对这酸枣儿有了切身的感受。酸枣树的生命力好强！不管自然条件多么恶劣，它总能在最艰苦的地方生根、开花、结果，默默地生，执着地长，还给阳光大地一个绿莹莹的生命，装扮有限的空间，带给人们点滴的愉悦。它为守护来之不易的收获，敢于不留情面、挺身斗争的品格，也深深地使我产生了共鸣。我不觉对酸枣树产生了敬意！对自己生出了愧疚之情。

好个逗人的小精灵！尝尝果儿，酸得爽口，甜得醇正。我不由得唤来小儿，选了一颗又红又大的果子递过去，急切地问："好吃不？""好吃！我还要多摘些带回去，送给妈妈和小朋友们吃……"小儿连珠炮似的回答。

我默默地看着6岁的小儿，再看看郁郁葱葱的酸枣树。心想，儿子还小，我的心思他还没法子体会，等将来哪一天，他一定会懂的。

载 1996 年 4 月 30 日《澄合矿工报》

雨后西河桥北望

这是一个雨后初晴的下午，我实在被这连绵的阴雨压得喘不过气来，便信步来到了西河大桥。

站在桥中央，倚着栏杆面向北方，身后是来来往往或拉人、或拉农产品、或转煤的车辆。桥随着车子的碾轧，一次又一次地震颤着。我突发奇想，如果这座桥在震颤中垮塌，那么我这个凡夫俗子肯定要沾这座大桥的光，让自己的俗名在较大范围内传扬。

这个荒唐的念头刚一闪现，前面的景观就把我的注意力拉向了一个新天地。

极目北望，烟雾笼罩着褐色的土地、土梁和山洼。那一片片山洼，已被农人开垦了出来，修整成梯田状耕种着，农人踏出来的小径夹在果树、麦田间。返青的麦苗已泛出了绿意，一棵棵冷峻、端庄的柏树挺立在梁与洼交错的崖边，给黄土塬缀上了点睛之笔。还有布在洼间或零星或成片的院落中，猪嚎声、鸡鸣声、狗吠声不时荡漾在上百米的高空，再加上一缕缕的炊烟和那齐刷刷白亮亮整齐排列的卫星电视接收天线，这"澄城老哥"和黄土塬相濡以沫的和谐生活情景也就勾勒出一幅生动、至美的山水泼墨图。

细瞅那桥下，更是耐人寻味。两边突起的梁与洼间浓浓的雾气交织，一会儿匍匐在梁上，一会儿游荡在洼间，沟底一条淙淙的细流，唱着春风似的歌蹦跳而来，还有那已经减负的老公路，在山梁和山洼间盘旋出一个个"几"字，偶然间还有几辆三轮车在奔忙。令人惊讶的是，路的走势与黄河的"几"字形走势十分相似。难道这是一个巧合？这条路本是通往县城的主道，它不也曾像母亲河那样滋养着沿途的居民群众吗？

再看这幅写意画，最引人注目的是这条自北向南而来，被叫作西河的小河。本来，河是要归海的，无论大小的河，只有尽情地向东方奔去，才不至于绕了道，浪费了岁月，甚至误入歧途。可眼前的西河是不是就不懂得这一点呢？我存着疑惑、犯着嘀咕，真不知能帮自己亲近的西河做点什么。模糊的视线里，河边菜地里一直忙碌的老农人不停晃动的身影更清晰地显现出来。他弯着腰，忘情地锄着田间的野草，捡拾着菜畦的败叶。他似乎根本就没有觉得我的疑惑会是问题，也似乎根本没有闲心去思考这乏味的问题。他大概最在意的是种好菜、卖好价、活好命，靠辛勤劳动，一天接着一天向好日子奔去。至于九九归一，河流总要归海那是天经地义的事，根本无须担心身边的西河会不归入大海。

在我看着这一切、想着这一切的时候，身后县城方向一位女士骑车飘逸而过，在一瞥的刹那间，我感觉她用一种异样的目光在打量我。我一惊，莫非她把我当成了一个欲寻短见的轻生者？毕竟这里曾发生过年轻人为爱殉情的荒唐事。

这样的感觉一闪现，我不由得赶紧回递给她一个舒展的微笑。我想告诉她：美女，别误会，生命对于每个人仅有一次，苦难是滋养人成长的宝贵财富，我会像老农人那样用勤劳珍惜我的每一天。九九总要归一，河流总要归海，那是谁也挡不住的客观规律，我更会去遵循它的。

载 2002 年 5 月 31 日《澄合矿工报》

樱花赞歌

　　我知道日本的时候，就知道了樱花。那时候，学习鲁迅先生的文章《藤野先生》，文章一开始就对上野的樱花有一段描述，说樱花烂漫的季节望上去像绯红的轻云，清朝的留学生也成群结队地去观赏樱花。后来，又听说日本人很爱樱花，把它尊为国花。

　　自此，我对樱花就有了一种不屑一顾的情绪。可能是因为日本对中国发动过侵略战争渗入的心理阴影，也可能是大清王朝的腐败无能和它的留学生喜爱樱花的缘故，抑或是我没有亲眼看见过樱花。我想象中的樱花是一种阴险的花、丑陋的花，犹如能结出果实、提炼出毒品的罂粟花一般。

　　今年初，我在西安交大的校园里第一次真切地看到了樱花。仲春的阳光柔和地照耀在城市的每个角落，硕大的广场上空悠闲地飞舞着式样各异的风筝，交大校园北门内西侧，一树树粉红色的樱花格外惹眼，一串串缀满花的枝条迎着阳光摇曳着身姿，一朵朵初开的花羞怯得像是看见了心爱的人似的。走到树下，一缕缕的清香扑面而来，沁入人的心田。三五个学生正在指指点点，从兴奋的神情可以看出他们也被樱花感动了。我是个不识花、不养花、不爱花的人，但此时此刻，却被樱花折服了。樱花太美了！

　　以后的日子，我就注意起樱花来。出门的时候，遇到有花有草的地方，就不自觉地寻找起樱花来，但看到的总是不多。再后来，我在网络上找到了一个关于花卉的网站，就索性把寻找到的樱花的图片保存在一个文件夹中，闲来无事就打开观赏。樱花真的是太美了！你看，有的是粉红色，七八朵聚在一起，与含苞待放的花蕾簇拥着，在淡淡的绿叶衬托下，溢出的娇艳和纯稚很是醉人；有的莹白如雪，枝条像是落满了雪花，显出了树的轮廓，满树洁白静雅；有的粉中透白，二三十朵花聚为一堆，形成了花团，让人觉得浓郁但不纷繁，茂盛但不浓艳；有的一簇一簇地点缀在绿叶丛中，像是绿幕中探头探脑的精灵，月色中仿佛可以感觉到春月的静寂和清凉。樱花一树接着一树，小径两边的樱花交织在其上方，置身其中恍若进入了花的海洋。我被樱花陶醉了！我不觉得樱花是日本的花了，我不觉得樱花像罂粟花了，我更不觉得应该再去仇视樱花了！

原来对樱花从陌生到认识归结于日本，对樱花从反感到仇视也是归结于日本。但看到了樱花、认识了樱花之后，我便不由自主地爱上了樱花！这才是我的真切感受啊！固然，日本的樱花是最有名的，日本也把樱花尊为国花，但难道能因为日本曾经在中国犯下的滔天罪行而去仇视樱花吗？日本军国主义者可能也喜爱他们的樱花，但能因此而扼杀我们对樱花的喜爱之情吗？那样的话，我们的视野不是太狭隘了吗？当然，清代的留学生也喜爱樱花，但这也不能成为我们不能喜爱樱花的缘由。爱美之心人皆有之呀，与樱花何干？

我由衷地说，从我看樱花的第一眼开始就喜爱上了樱花。我感觉樱花娇羞、纯洁、静雅而生机勃勃，带给人的是美的享受、精神的愉悦和无限的激励，这是最为宝贵的，也是值得人永远珍惜的。

我赞美樱花！我更爱樱花！我热爱和平，我也企盼世间所有的人都珍爱和平，我更祈祷不要让樱花因为战争而再遭到无端的仇视和不公正的待遇！

载 2005 年 8 月 18 日《澄合矿工报》

瑞雪

好多年都没下过这么大、这么久的雪了。今年的雪下三两天，停一停，待人们把房前屋后的积雪打扫干净，又下那么三两天，人们接着再打扫，庭院花园和街道树坑周围都堆满了雪。

我自小就喜欢下雪天，每年到了冬天，就盼望下雪的日子。如果哪天早上起床，看到外面变成一个白茫茫的世界，便会高兴地跳起来，然后拿了笤帚，在房前屋后扫出一条窄窄的小路，与邻居家扫出的小路连接起来，来往的行人就方便多了。即便是累得满头大汗，也乐此不疲。有时候，天上一边下着，我一边扫着，身上像是披了件白色的外衣，头发和眉毛也像霜染过似的。倏忽间，雪花落在脖子上，钻进衣服里，一丝凉意就会沁入心脾。扫完雪，拍打掉身上的雪花，一屁股坐到奶奶的热炕上，感觉是那么暖和，这时也是心里最甜美的时刻。

今年的雪下得这么大，持续时间又这么长，是我从来没有见过的。先说城市里，街道、马路、房屋和树枝上，目光所能及的范围都裹上了厚厚的雪，凝成了一个银白色的世界。出了门，左一脚右一脚地踩下去，就能留下一串深深的印痕。积雪没了脚脖子，雪会从缝隙中钻进鞋子里，脚丫就会被刺激得直哆嗦。开始，街道来往的车辆不停地转动着滤刷器，仓促地向前赶着；行人三个一拨、两个一伙，小心翼翼地在雪地上踩踏出咯吱咯吱的声响；个别胆子大一点的还骑着摩托车、自行车，弓着腰，迎着飞扬的雪花匆匆地移动着。再后来，地面的积雪融化后结成冰，上面再落上一层雪，经不住挂着防滑链的车辖辘的碾轧，雪就成了粉末状，车辆驶过后，卷起一团团雪雾，车子像是行驶在无垠的沙漠上。这时，骑自行车和摩托车的人也少了，南来北往都是做伴行走着的人们，肩并着肩，手拉着手。由于积雪厚，政府不得不反复在电视上播放通告，号召和动员单位及居民清扫所在区域的积雪，人们便把房前屋后和道路上的积雪壅到树根，或在花园中堆积起来，后来索性就堆在街道边，使路边多了无数的小雪包。

野外是一个被积雪覆盖着的苍茫世界，不管是平地上、山坡上，还是沟壑中，黄土和所有裸露着的物体上都罩满了积雪。除了村落中的炊烟、山坡上的松柏和道路上的车痕，就再也没有什么可以将天地一色、浑然一体的银白世界分割开了。近处，雪铺盖了厚厚一层，路面、护坡和崖壁上，简直是无处不在、无缝不入，有的还架在已经干枯的灌木丛上，像是搭建起了动画片中的那种小雪屋。在背风处，雪积得更厚，顺着风的方向，雪面形成了褶皱和起伏，使人惊叹大自然的鬼斧神工。看着这些雪，真不忍心动它一下，生怕破坏了这种最原生态最自然的美丽，更期待它们永远带给人间纯洁和静雅。远处，不管是山梁上、沟洼中、小河边，还是村庄中、院落里，都是一个朦胧的世界，偶尔看见一两个依稀晃动着的人影，方觉得人在空旷和沉寂中是多么富有灵气。山梁上、沟壁上，几株静立的松柏点缀其间，在洁白的世界中更显眼、更有品位、更加风姿绰约。它们是荒沟野坡中的精灵，尽管不像红梅那么出名，但是那种顶天立地、独立脱俗的品格也让人感动和叹服。不经意间，纷纷扬扬的雪花又飘起来，密密麻麻地将野外的一切笼罩起来，眼前的景物变得更模糊了，我不由得打了一个寒战。

又近年关了，腊月的日子在白皑皑中被慢慢地消耗着，年味也越来越浓了。大寒节气前后是一年中最冷的时候，在家待了许久的人们也抓住雪停下来的一个晌午或更短的空儿走出家门，匆匆地置办一些紧缺的日用品。各个商家更是冒着大雪储备供人采购的年货。单位的送温暖活动开展起来了，米面油等物品陆陆续续地发到了职工手中，人们正喜笑颜开地往家搬。是啊！瑞雪带给了人们美丽，带给了人们纯洁，也带给了人们吉祥，当然也给节日带来了寒冷和不便……

民谚说，瑞雪兆丰年。无疑，在当前全社会都重视民生的大氛围中，我们更应该明白，发展依靠的是老百姓，发展为的是老百姓，发展的成果更应该让老百姓共享。感受着雪中人群中洋溢着的热情，我不觉就忘记了寒冷，小时候奶奶热炕上散发出的那种暖流，仿佛又沁入了我的身心，神情不由得更舒展了。

2008 年 1 月 18 日

枸杞子

在我经常涉足的渭北一带，随处可以看到野生的枸杞子。特别是在荒沟田畔、野草丛中，野生的枸杞子长得更多一些。

枸杞子是多年生灌木，开淡紫色花，结红色果。枝身一般五六十厘米高，交错长着刺。枸杞子全身都是宝，有较高的药用价值，对于调肝理气、提高人体免疫力有着独特的作用。枸杞子的嫩叶用开水烫后凉拌吃，是一道美味的野肴；它的根晒干炮制后是一味常用的中药；它的果可以泡酒、沏茶、煲汤、炖肉，保健效果极好。

枸杞子一般是野生野长，枝身单薄，外表枯瘦，很不起眼。春季报春姗姗来迟，夏季争翠显得寒酸，冬季顶风冒寒孤苦伶仃。唯有秋季，不经意在那沟畔地头看到那挂满枝丫的一串串红果，才会让人感受到枸杞子平凡的生命所绽放的火花。

记得小时候，我们队不知从哪儿买回一批枸杞子幼苗，稍壮实的也不及筷子头粗，算上根也不足一米高。社员们在村子东头的土场子忙活了好一阵子，才把幼苗全部栽到起伏不平的小壕小壑中。起初，队上还安排人打理，后来，不知咋的就没人管了，活着的幼苗也渐渐枯死了。这是人工种植的那种枸杞子，听说是比野生枸杞子结的果要大，但遗憾的是因为疏于管理，大多数枸杞子苗还是枯死了。

因为枸杞子幼苗的枯死，我曾伤心过好一阵子。我为生产队不珍惜那翠绿的生命而惋惜，更为这种枸杞子不及野生的生命力强而叹息。

作为一种植物，枸杞子实在太平凡了。它没有雍容的外表，没有华丽的装饰，也没有高贵的气质，充其量也只能排在灌木的行列之中。可是，它的叶、果和根却都是对人极有裨益的。它并没有因为这些而挑选自己生存的环境，没有向自然界过多索取什么，这是多么朴实无华的一种生命境界啊！尤其能引起人思考的是，那种经过人工培育的枸杞子的生命力竟是那样的脆弱，这又是一种多么鲜明的对比啊！

我喜欢野生的枸杞子，因为它在自然界的生存竞争中，在恶劣环境中挣扎搏击，扎牢了根，进而又不断地回报人类和社会，这是我最推崇的一种大气的人生境界。

我要高声赞美你，野生枸杞子！

载 1999 年 6 月 3 日《澄合矿工报》

高原柿树红

深秋时节，如果你漫步在渭北塬上的乡间田野，时常会发现那无数闪烁着橘红色光芒的树叶点缀在一棵棵高大树木的枝权上，那便是柿树。

这时，你也许会想起香山红叶或湘江红叶，那红叶指的是枫树、栌树的叶子，我无缘见到它们，单凭被炒得那么沸沸扬扬就让我对它们生出许多隔阂。但对柿树，我却情有独钟。柿树叶也是在季节变换时由绿变红，仅凭它在风霜中孕育出的红色就使人生出许多遐想和爱意；何况柿子香甜可口，能带给人许多充实的回忆和启迪。

生我的地方是粮食产区，那儿水果特产较少，能撩拨起孩子馋涎的东西也很少。小时候，每到秋季能吃上绵软、皮薄、香甜的柿子就算是最大的乐事了。北安（村上人对渭北山区一带的泛称）的庄稼人利用农闲时节将自家产的柿子漤熟，装上人力车，拉到我们那儿。他们有的寄宿在亲戚家，有的找个好心人家落脚。那时候，北安人缺粮，一般都是用柿子换当地的玉米和辣椒。傍晚时分，在东家的院子里，用镢把支撑拉起电灯，收工回来的男人们便围着柿子摊与卖主讨价还价，小孩则在不远的地方尽情撒欢。这时，东家总是向着外乡人说话，看护着摊子。若价格谈成，大人们便从家里拿来晒干的辣椒、玉米之类的产物，换上半笼柿子，吆喝着自家的孩子，喜滋滋地回家去了。孩子们耐不住馋涎，顺手就从父母笼中抓上个柿子塞到嘴里。待到次日清晨，卖柿子的外乡人就拉着换来的粮食、红辣椒等，赶着牲口，踏上了归程。自此，孩子们也把吃完柿子留下的柿把攒起来当成手边的玩物，小伙伴之间经常以能否用一个柿把把平放在地面的另一个柿把敲击翻身作为衡量标准比输赢，有的孩子把赢来的柿把用绳子串起来，足有门框那么长。有的还把硫黄点燃，用液化的黏液把两三个柿把叠粘在一起，伙伴之间斗把时，常常把它用在关键的时候，往往能起到出奇制胜的效果。

听大人们说，北安人的柿子是用烟熏的，柿子发软，吃起来特别香甜。当地人是把生柿子放入温水中，长时间用文火加热去涩，柿子依然是硬的。每年春节，奶奶常把舍不得吃的北安柿子用开水烫泡去皮，和着面，做成饼或条，在油里炸，就成了美味佳肴。对这种每年只有一次的美味，我是特别期待的。有时，偶尔吃上几个北安人捎来的柿饼，那更是桩奢侈的事。

后来，自己落脚到渭北高原，时常也能看到柿树。所以，对柿树的偏爱更是与日俱增。柿树的红叶虽然没有像枫树、栌树那样成为文人墨客吟诵的对象，但它那质朴的风韵，却常常使我浮想联翩。柿树不趋炎附势，柿树不争奇斗艳，柿树不挑肥拣瘦，它默默地开花，无声地结果，把累累硕果无偿地奉献给庄稼人。

我觉得，柿树的红叶才是最美、最有风姿的。

载 1997 年 11 月 20 日《澄合矿工报》，收录时标题做了改动

花韵

因为有了花，春天变得异常的美。一年四季中，春天是第一个季节，冬天是最后一个季节。春天预示着冬天，冬天孕育着春天。春天是个明朗的季节，更是个释放的季节。冬天是个冰冷的季节，也是个蓄势待发的季节。春天的花是冬天的收获。春天把冬天的孕积一股脑儿散放出来，充满生机与活力，更呈现出五彩缤纷。花儿是春天最忠诚的使者和形象代言。

对于春天，我是谈不上喜欢或者不喜欢的。因为，我觉得一年四季都有它的动人之处，都是大自然巧妙的安排，别想着去偏这个好那个，最好还是用心去感受。春天很容易使人置身于花海中，即便是你不愿意去喜欢，氛围和环境也感染得你不由得不去喜欢。今年春天，我的的确确是被看到的花感动了！

最先打动我的是高速公路两旁成片成片的梨花和苹果花。3月初，我驱车经过西禹高速公路。就是这条高速公路，把喧嚣和热闹送给了偏僻的乡村和古老的土地。也就是这条高速公路，把黄土地哺育出来的五彩缤纷和芳香奉献给了世界。这是这条高速公路通车后迎来的第一个春天。你看，那一片片积雪状的花海，白中泛红的花海，就是农人栽种的梨树园、苹果园，一片连着一片。近看那梨树，光洁的枝条上缀满了一簇簇、一团团的梨花，就像活泼可爱的幼儿们争相在向阿姨们表现着自己，透出纯真的稚气和勃勃生机，为挂满雪花的枝条平添了一股股灵气，使人感到高雅、纯洁；白里透红的苹果花就像一个个小喇叭，簇拥出一枝枝花条、一树树花伞，在微风的吹拂下，不经意地展示着舞姿，使人仿佛进入了仙境。远处的花海一片连着一片，顺着地势的起伏，或缠绕在半山腰，或蜿蜒在河边村头。梨花与苹果花间隔交错，给大地罩上了飘逸的白云和红霞。梨花、苹果花昭示着农民的辛劳，为丰收涂抹着底色，透露着甘甜的美味！

油菜花是农家的花，它的美中透出了碧玉般的清纯。油菜籽奉献着宝贵的植物油，油菜花更是春天里的公主。到了3月下旬，你看，在广袤的田野上，那金黄的颜色，亭亭的身段，你挤着我，我挨着你，个个眨巴着好奇的眼睛，一副昂扬向上的姿态，把对蓝天白云的向往由着性子表达了出来。特别是到了陕南，那才是油菜花的故乡呢！那里，不管是平川旷野，还是山岭沟坳，都罩满了惹眼、醉人的油菜花，满世界都是金黄色，春风拂起一拨又一拨的花浪，把芳香播洒得很远很远。在平展展的大地上，油菜花一望无际，一直延伸到视线的尽头，人置身其间，只能看见胸脯以上的部位，一些踏春的城里人兴奋地在花丛中欢呼雀跃，摆出各种姿势拍照，把脸上溢出的兴奋和活力印染在了花的记忆中。还有山坳中的油菜花田，一块儿接着一块儿，错落有致，高低有序，随坡逐势，和绿树相互辉映，围农舍于其间，稍微留神就会发现花海中隐藏着一条一条的小径，把农舍和大路连接起来。在这样美丽的花海中，住上一两户、三四户人家，又怎能不生出神秘之感呢？谁又能不被漫山遍野的花所感动呢？谁又能不向往这世外桃源般的生活呢？

泡桐树是比较适宜在关中生长的树种，泡桐的花也是最动人、最绚丽、最淳朴的花。不管是在乡村庭院，还是沟壑地头，或者是大路两边，都布满了郁郁葱葱、欢欣活泼的泡桐树。特别到了4月，当泡桐树嗅到春天气息的时候，喇叭状的花儿就精神抖擞地绽出了笑颜。20多年前，有位中央领导来陕西视察工作时指出，要致富，栽泡桐。很快，关中大地就兴起了在田间套栽泡桐的风气，挖上一根泡桐的树根埋下去，很快就会冒出一棵泡桐的幼苗来。泡桐树是比较适合在关中生长的，生长发育也很快。后来，因为泡桐在田间影响庄稼生长，还不能带来直接的经济效益，大多数家庭就把田间的泡桐砍掉了。至于村头院落、路边地头的泡桐树，倒是自在地吮吸着大地的营养，悄无声息地长成了参天大树。特别在春季，远远望去，一片片粉红色的花雾把一个又一个的村子笼罩其间，让人感到村落上空飘着一团团的祥云。还有路边的泡桐树，一排排、一行行，挂满花，在微风中抖动着身段，把一股股甜润的芳香送入人的鼻中，让人不由得陶醉在春天里！

櫻花的确是一种很美的花！今年西安交大举办建校110周年和西迁50周年校庆时，正是樱花灿烂的日子。交大校园内的樱花东道、樱花西道满是绽放的烂漫的樱花，4月的游人簇拥在树下，指指点点地欣赏花、感受花、评判花，每个人都洋溢着喜悦的笑容。本来就温柔的樱花这时显得更娇羞、更妩媚了！不知道是羞涩的缘故还是来来往往行人的打搅，偶尔会从树上飘下一两瓣粉红色的花瓣，让人隐隐生出一丝丝的失落来。还有渭水园度假村和长安韦曲的樱花园中，都栽植了不少的樱花树，尽管树身还没有长大，但或长或短的枝条上都挤满了盛开的花朵。似乎没有哪一棵愿意错过明媚的季节，都在尽情地展示、肆意地表达，把一种雍容、一种娇艳、一种高贵酣畅淋漓地写在了春天里。绝大多数的樱花是粉红色的，间或有几树纯白色的花夹在其间，使樱花超凡脱俗的气质显露无遗，更让人感受到了樱花的高贵和典雅！

　　春天是花开的季节！春天的花很多，有高贵的、有普通的，有能叫上名的、有叫不上名的，有人工培育的、有野生的，像牡丹、迎春花、芍药、紫荆、玉兰、杜鹃、郁金香、百合和丁香等，都是大自然馈赠给人类的精灵。春天的花把春天装扮成了一个姹紫嫣红的世界，春天的花宣示着新一年的希望，春天的花给人带来了好心情！

　　春天的花很美，春天的花充满灵性！我爱春天的花，更爱这活力迸发孕育希望的开头！

2006 年 5 月 26 日

六月，合欢花飘香

六月，是合欢花盛开的季节。

最早看到这种花是读师范的时候。学校花园中有两棵郁郁葱葱的大树，长得很茂盛，树荫面积很大。当时，同学们都叫不上它们的名字。后来，环境熟悉了，我发现，在校园东西两侧与教学楼前花园中那两棵叫不上名的树木平行偏北的地方，还长着四五棵同样的树木。它们也是枝繁叶茂、郁郁葱葱，给地面罩上了很大面积的阴凉。炎热的夏季走在树下，会让人觉得凉爽怡人。特别是连续下过几天雨后，树下的地面上就会长出浅浅的一层苔藓来。平日，许多同学会到树下读书、闲聊和乘凉。我觉得，那是一个最僻静、最轻松、最悠闲的好去处。当然，教学楼前花园中的那两棵树是最吸引人的，课余时间或者节假日，树荫下总坐着三三两两的同学，或畅谈理想，或议论时政，或交流思想，或诉说友情，或探讨问题，或休闲谈笑。在彩霞般的花儿绽放的季节，与这两棵美丽的大树合影的人更是络绎不绝，似乎它们已经成了学校的标志。我们班的第一张集体合影和毕业合影都是在其中的一棵树下拍摄的。在和这两棵树朝夕相处了三年后，我们长高了，学业完成了，也自然而然地和它们离别了，但在以后的日子里我总是不由自主地想起它们。

参加工作后，我在局机关大院又一次看到了同样的两棵树。其实，这个时候我仍然不知道这种树叫什么名字，问了几个同事，都说得很含糊，也就没有再刨根问底，但年复一年地伴着这两棵树，也在不经意间了解到了它们更多的一些生活习性。它们长叶子很晚，开花也很晚，但花期很长，估摸有一个月的样子。每年春天，别的树木都发芽了、开花了，可这两棵树好像是没有感受到春天的气息似的，仍然黑着枝干，无动于衷地在微风中保持着冷静、矜持和沉默，直到别的树长出的新叶都变成了老叶、开过的花全部败落，它们才悄悄地发芽、抽枝、育蕾、开花。这时，我们似乎才能够真切地感受到它们的存在了！到这个时候已经是夏天了。这种树开花集中在六月，开出的花一个连着一个，似罩在深绿色伞盖上的红晕，洋溢着妩媚娇羞和热情。走到树下，幽幽的芳香扑面而来，便使人不由自主地陶醉了。这种树开花是一茬一茬的，老的花败落，新的花就绽放，让人不觉得树上的花会减少。每天落在草丛中的花瓣把草地也点缀得很美，捡起一朵落花在鼻前嗅一嗅，浓郁的香气依然让人回味无穷。

后来，办公大楼装修，大院中的其他树木都被砍掉了，唯独保留下了这两棵树，却把硕大的树冠锯掉了。我当时确实是产生了抱怨的情绪，这不是一种戕害吗？它们什么时候才能再长大，再开出那醉人美丽的花呢？可是，情况并不像我担心的那样，锯掉树冠的当年，两棵树都从光秃秃的断面周围长出了新枝，起初是很嫩小的一团，后来渐渐地伸长，就成了浓密的一丛，再后来就长成了一根根修长的枝条。经过一个冬天风霜的锤炼，第二年六月，这两棵树又开花了，尽管花不再纷繁，但仍然是那么热烈和充满生命的张力。第三年树枝又长得郁郁葱葱了，花儿依然是那么红，那么醉人！丝毫没有让人感到树冠是重新长出来的。现在，这两棵树成了机关大院的一道亮丽风景，它们把机关大院点缀得更美更充满生气了。

前一阵子，我途经秦岭，在被蓊蓊郁郁的植被覆盖的崇山峻岭中，坐着车在蜿蜒的山路上盘旋，猛然间在一处悬崖高处发现，在很多植物当中，闪现出一片红艳艳的彩霞，真是万绿丛中一片红啊！是的，在那葱绿中孤傲地长着一棵茂盛的与我们院子那两棵相同的树，那些鲜艳的花在大山深处是那样的别致，那样的香气弥漫，那样的风姿绰约！

这种树，我一直都没有弄清楚它的名字。只觉得它能长出很茂盛的叶，能开出很美的花，是一种很别致的树，我常常被它所打动。最近，经过查阅资料，我才知道，这种树俗称绒仙树，所开的花就是绒仙花。学名叫合欢树，花儿就是合欢花。

合欢树伴我走过了近20年的人生历程，它常常给予我工作的动力和生活的热情。我很希望在今后的人生道路上更充分地感受它的美，以愉悦我的心情、陶冶我的情操、升华我的境界！

六月，是个流火的月份，也是合欢花绽放的季节。我爱六月的合欢花香！

载 2006 年 6 月 29 日《澄合矿工报》

红杜鹃

春末夏初之际，我登上了峨眉山的金顶，幸运地看到了火红的杜鹃花。

在去金顶的路途中，随处都会看到在郁郁葱葱中镶嵌着的一团团火红，大家说那是杜鹃花。峨眉山的杜鹃花，真的很美！我幸运地赶上了好时节，尽管是阴雨天，杜鹃花还是在火红地绽放着。杜鹃花生长在海拔3000米以上的高山上，每逢春末夏初才集中开放。它还有一个更富有诗意的名字，就是人们耳熟能详的映山红。看着山崖上的杜鹃花，真让人怜惜，也一直被它们所感动着。

由于峨眉山下着雨，上山的游客很少，有人传言索道已经关闭，下午上去赶天黑肯定回不来。但我们讨论之后，还是决定去试一试。那天是冒着雨上的山，由于没有带雨具，每人便花5元钱买了一件塑料雨衣披上。这个时候，山路上的行人已经寥寥无几，而且大多数都是从山顶往下走。我们没有泄气，心中只有一个念头，抓住这次机会，尽可能往上攀，除非真的上不去了，再往回返。

顶着风、冒着雨，徒步到了金顶的索道站。索道站的游客很少，除了我们一行，另外还有四五个准备去金顶过夜的游客。等了20多分钟，工作人员才说可以上车，我们就蜂拥上去。这个索道的缆车车厢很大，可以乘坐20多个人，我们一行有10人，另外那拨四五个人，就同坐一个车厢。

透过窗玻璃便能看到苍茫的大山中，一处一处点缀着的那些红杜鹃。它们开放在大山深处和悬崖峭壁之上，洒脱自如地在万绿丛中做了最别致的点缀，显得那么耀眼和艳丽。

看着这些杜鹃花，我不觉生出疑问，这些美丽的杜鹃花啊，它们开放在深山老林，处在那样的环境中，到底是在为谁开放呢？这么高的山，这么密的林，谁又能看得到呢？但是，回过头再想，它们处在那样的环境中，只要到了开放的季节，不管风吹雨打，不管有没有人欣赏和喜欢，该怎样开放还是怎样开放，这是多么难得的一种品质啊！我一边为杜鹃花的孤芳自赏而感到惋惜，一边也为它们的自信和热情洋溢及充满活力而感到震撼！

下山的时候，我就把注意力全部集中在观察和欣赏这些火红的杜鹃花上，特别是在下了缆车之后，步行在山路上，总要驻足对那一树一冠的杜鹃花做仔细观察和欣赏，全然忘记了还在下着的小雨和萧瑟的山风。这次攀登峨眉山，没能看到猴子，但是这火红的杜鹃花却给我留下了深刻的印象和美好的记忆。

返回山腰的停车场时，我看到一排整齐的店铺中，有一个叫红杜鹃的店铺，也不知道它在经营什么，但是它却比其他店铺更快地被我记住了。峨眉山的红杜鹃，你的卓尔不群非常让人留恋和回味！这时我不由得哼起："若要盼得哟红军来，岭上开遍哟映山红……"

2008 年 5 月 8 日

春涌世界

新的春天来了，到处洋溢着烂漫、妩媚和活力，带人进入了一个轻松、和煦、明净的世界。春天里美的是绿。那杨柳，春暖乍寒的时候，似飘在空中的一团团、一片片绿色的烟雾，三五天的光景，仿佛就成了女郎头上飘逸的发丝，似做了负离子或游离子处理一般，借着春风欢快潇洒地荡漾着。那冬青，一场春雨过后，新抽的枝、新长的叶，迎风摇曳，在阳光下晶莹剔透。那松柏，在冬的锤炼下，浑身浸着墨绿，依然那样冷峻、庄重，但枝丫随风摆动得随便多了、不经意多了，似有如释重负般的解脱。那草坪，小草们刚睡醒的样子，眨巴着眼睛，打着哈欠，互相瞅着、觅着，似在寻找久违的朋友。那麦田，块连着块，头接着尾，如同黄土地上铺盖了软绵绵、毛茸茸的绿地毯，微风中更显得生气勃勃。春天的绿，给人生机，给人活力。

春天更美的是花。那迎春花，没有叶的衬托，光着胳膊腿，泛着微黄，散着清香，着急地蹦跳出来，缀满枝头，展示着娇颜。那梨花、苹果花，有的雪白，白得耀眼，有的粉白，美得醉人，每每映入眼帘，总使人心灵颤动。忽然间，再冒出一片片、一丛丛桃花，红的像霞，镶嵌在白的海洋中，真是各尽风韵。那梧桐花，有的淡紫，有的白里带黄，挂满树冠，似迎风摆动的一簇簇铃铛，聚在一起，罩在柏油路两侧，行走其间，顿觉置身幽境当中。那油菜花，或在平地，或在旱塬，长到哪里，就把金色撒向哪里，平地上的开得羞涩，旱塬上的开得奔放，引得一拨又一拨的路人驻足观赏。春天的花，给人美的感受，给人醉的畅想。

春天的声音也很美。清晨，万物还沉睡在黎明的静寂中，布谷鸟就反复地唱着歌，声音传得很远，总能在空中留下悠扬的余音，那是催春的号子，那是在召唤人们抓住机会播种希望。还有那春雨，在夜里悄悄地降临，沙沙沙……带着微风，伴着人们圆着一个又一个香甜的梦。春天的声音，给人奋进的力量，给人未来的从容。

春天，树美、花美、声音美，明媚的阳光更美。你看，在那骄阳中，在微风的拂动下，千万根柳条悠闲地摆动着窈窕的身影，一股溪水欢快地流淌着，一群十七八岁的姑娘挽着裤脚，露出白亮亮的小腿和脚丫，恣意地嬉闹着白花花的溪水。这时候，你会是一种什么感受？你不觉得这是一个闹春的世界吗？

春天，我赞美你！

载 2002 年 4 月 25 日《澄合矿工报》

日全食

昨天，发生了一次日全食。小城晴空万里，基本上能看到日全食的整个过程。我是下午快下班时，才知道这个消息的。妻给我打电话说，当天有日食，早点回家吃晚饭，领着孩子一起去看日全食。

回到家，我囫囵吃了两碗面条，便与妻和小儿一起来到楼下。因为6点30分才下班，而日食开始的时间是6点26分，这是媒体上预告的时间。所以，必须抓紧时间才可以看到日食的全过程。即便这样，我们还是没能看到日食开始的那一刻。在吃饭的间隙，儿子剪了一张医用旧胶片，趴在窗户上观看太阳，透过那张胶片，他告诉我们日食已经开始了。

吃完饭，我们一家匆匆地下了楼，院子已经站满了人，有的戴着太阳镜，有的用有色玻璃片和医用胶片罩在眼睛上观看，有孩子，有大人，还有老人，院子很是热闹。大家一边看着，一边议论着，都是那种惊叹和好奇的口气，一会儿这个咋呼一句，一会儿那个又惊叫一声，所有人都沉浸在兴奋之中。看这里的环境，我觉得肯定看不到日食的全过程，因为此时只有从楼与楼的间隙中才能看到太阳，如果太阳再继续西下的话就会被楼群遮挡住。

我决定领着妻子和儿子走出院门，去寻找开阔地带观看日全食。妻穿着高跟鞋，走了一段路，就不想走了。我边走边鼓励，她最终还是跟着我和儿子来到了城西一片长满荒草的空旷地带。在这里仿佛可以看到天的尽头，包括西方隐隐约约的地平线都可以尽收眼底。这里已经有一个20岁左右的小伙子坐在一块儿废弃的楼板上，把一整张医用胶片全部罩在脸上，静静地观赏日食。

这个地方周围没有任何建筑遮挡，视野很开阔。我问那个小伙子，日食是什么时候开始的，他说是6点28分。此时，我再看了一下时间，已经是6点50分，再透过墨黑的底片看太阳，太阳的右下方已经缺了一大块。儿子忙着用相机拍照，我就一边看一边告诉他，能够完整地观察到这次日全食是件很幸运的事情，首先我们必须处在比较理想的观察区域内，再就是天气要好，太阳不会被云遮住。记忆中，我只有幸观赏过一次日偏食，这回能够遇到日全食真是很难得。

7点09分的时候，太阳基本上变成了月牙，我就提醒儿子抓紧时间拍照。7点21分，太阳完全被月亮挡住了脸面，天也在瞬间变得黑暗，远方的狗开始不停地狂吠。过去，在人们还没有弄懂月食和日食这些自然天象的原理时，悬挂在空中的月亮、太阳突然消失了，那是多么令人恐惧的一件事情啊！人都那么恐惧，狗害怕就很正常了。今天，人们已经认识了这种自然天象的内在规律，而狗呀猫呀这些动物却未必就能认识到这些。大概它们还是数千年甚至数万年前那种智力水平吧，看到日食发生，天突然黑暗下来，不害怕才怪呢！所以，我从狗的叫声中似乎体验到了一种很原始、很古老的味道，也听出了岁月的沧桑和历史的变迁。这时候，太阳已经变成一个黑圆盘，周围露出淡淡的亮光，成了一个光环，整个世界变得非常美丽而富有诗意，儿子又敏捷地抓拍了几张珍贵的照片。

大概一分钟后，太阳又在右下方露出了一线光亮，真像是弯弯的月亮，又像是一条小船。我告诉儿子，日食的这个变化过程，就把月亮从初一到三十的变化过程在短时间内演示出来了。什么是上弦月，什么是下弦月，从这里就可以看出个大概来。尽管日食和月亮圆缺的变化是两码事，但是，基本的形式是相似的。太阳露出的面孔更多了，天变得越来越亮了，刚才与太阳的光环共同挂在天边的星星不知道什么时候又悄然隐去。星星们闪现是因为太阳收敛了光芒，星星们隐去是因为太阳的光芒太耀眼。其实星星始终都悬挂在那里，辉映着月亮，只是太阳出来时，它们就隐去身影，太阳离去后，它们就会及时填补天幕的空白，做的都是补缺的事情啊！

由于小城处在沟壑边上，能够看到西方的地平线。加之在地平线的上方，还有一道很高的山梁。不一会儿，弯弯的太阳就一头扎进了那道高耸的山梁中。这时候的太阳，真像是在大海中扬帆孤行的小船，不知不觉又把人们带进了似醉如梦、美妙绝伦的仙境之中。

昨天傍晚观赏了一次很难得的日全食，儿子也拍摄了许多珍贵的照片，我们通过这次日全食真切地感受了大自然的奇妙，体味了大自然美轮美奂的表演。幸甚至哉，文字记之。

2008 年 8 月 2 日

秋的味道

秋风拂过，许多树木都落下了枯黄的叶子，让人不由得生出了悲秋的情绪。

秋天是美丽的季节。北京香山的红叶使许多游客趋之若鹜，这几年西安周边的秦岭山中的红叶也声名鹊起，渭北高原沟壑崖畔的众多柿树泛起的红霞也打动了许多人。因为有这些景物的点缀烘托，秋天所带给人的身心愉悦真是无法形容。

秋天是一道风景，如果没有了秋的成熟和萧瑟，大自然的神手妙笔就会大打折扣。在渭北，秋天最具有代表性的景物是高原上的柿子树、苹果树和枸杞子，这些或橘红、或艳红、或泛着红晕的果实都会带给人丰收的喜悦，更能让人感受到渭北高原特有的空旷和沧桑。

秋风之后，不管是晚上，还是清晨，踏在铺满厚厚落叶的小道上，与友人相携散步，回忆美好往事，憧憬美好未来，互相激励、互相交流人生感悟，讨论共同感兴趣的话题，真是一件乐事。倘若再能与心仪的人或共同经历岁月沧桑的亲人漫步在铺满枯叶的林荫下，必定会获得精神上的极大满足。

人生走到秋天，与季节中的秋天有相似之处，但又有不同之处。季节中的秋天可以周而复始，人生的秋天经历之后就无法再来一次，所以，文人墨客有时候悲秋的实质是在悲叹人生的秋天。前几天，一阵风刮过，一阵雨下过，当我再看到铺满道路的枯枝黄叶时，更多滋生的是凄惨悲凉的感觉，人生走到这样的境地还会有奔头吗？

作为季节的秋天，有其两面性，一面是果实累累，带给人丰收的喜悦；另一面却是萧瑟的秋风，浸满寒意的空气，泛黄的野草，飘落的枝叶，无形中也会让人感到凄凉。同样是秋季，却带给人不同的感觉，这大概就是境由心生的缘故吧！

季节已经进入深秋，冬天即将来到，雪花也会飘起。红叶是秋天的象征，雪花是北方冬季的信使。有首词说，少年不识愁滋味，为赋新词强说愁。现在看来果真是这样。真正的愁，真正的无奈，只有经历过，只有蹉跎过，只有年华到了秋季之后，才会深切地感受到。而且这种愁不是强装出来的，纯粹是从心底萌生的。人生的秋天，其实是最为沧桑和无奈的。

2013 年 11 月 5 日

冬雪礼赞

已经过了新年，节气也快到立春，却还是没有盼来一场像样的冬雪。

没有雪的冬天，日子似乎都没有味道；没有雪花的飞舞，北方的河山仿佛少了些许魅力。

毛主席是南方人，长征以前大概能看到雪的时候不多。1935年10月经过长征到达陕北之后，伟人站在苍茫的高原上，远眺纵横交错的山梁、峡谷，置身此起彼伏的雪野，诗兴大发，赋词《沁园春·雪》，纵论古今，展望未来，抒发豪情壮志、磅礴雄心，表达力挽狂澜和建功立业的远大抱负和崇高理想，感染力极强，成为千古绝唱。毛主席的诗词，为北方的雪添彩不少，使北方的雪成为文人墨客和有志者托物言志的重要载体。屹立于漫天飞舞的雪花中，有意无意就会沉浸在惬意和兴奋之中，它能使人更加豪情满怀、热血沸腾。冬天，如果少了雪花，就无法体味到那种全身心陶醉、精神被全方位洗礼的感觉。

北方的雪花飘来，春节就有了味道。春节期间，室外飞舞着雪花，千家万户，亲人团聚，围坐在火炉旁，或盘腿坐在热炕上，把酒叙旧，说不完的思念情，道不完的团圆话，使人间亲情、天伦之乐，在一年的辛苦奔波后短暂的团聚之时更加溢韵流香。雪花如期而至，年的信使就到了，年的味道中掺进雪花的气息，年就会更有滋味。

北方的雪花飘来，冬季就有了灵性。中国的南北方气候差异很大，北方四季分明，冬季是最萧条、冷漠的季节。特别在北方黄土高原地区，草木干枯，树枝光秃，极目远眺，一派苍凉，让人备感冷落和萧瑟，生命的张力和向上的气场也会因此受到抑制和束缚。只有当雪花飞舞时，北方才会焕发出新颜，充满生机和灵性。蛰伏在屋里的人们会因为雪花的到来，而到户外舒展舒展筋骨，驱散倦怠，迸发出浑身的生气，意气风发地面向新的未来。雪花是北方冬季的生机之源。

北方的雪花飘来，使人对过去更加怀念。我基本上生活在北方，冬季的雪花始终是绕不过去的话题。小时候的下雪天，在老家扫庭院、堆雪人，在场院滑雪、打雪仗、捉麻雀，还会把庭院的积雪铲放到树根下，移送到麦田里。这些场景现在还时常会像电影一样，一次又一次浮现在我的脑海，让人感到格外温馨、亲切。上班之后，在山沟里工作，下雪的时候，冒着雪花，步行在陡坡、沟壑之中，小心翼翼地穿梭在单位和斗室之间，经受了寒冷，强健了体魄，丰富了生活。有时候还顶雪骑着自行车上下班，时不时就会遇到摔跤的行人，自己稍不留神，骤然捏闸，也会重重地摔倒在雪地上，引来许多关注的目光，回味起来有些苦涩，但这毕竟是原汁原味的生活。

北方的雪花飘来，使人对来年寄予了更大的希望。人常说，瑞雪兆丰年。一个冬天不下雪，气候就不正常，患咽喉肺部疾病和病毒性感冒的人就会增多，老人小孩的抵抗力相对较差，医院的病房里住的人就会更多。许多老人抵抗不住病菌的袭扰，加之身体的免疫力差，便匆匆而去，撒手人寰。对于他们来讲，没有雪的冬季是个绝望的关隘。当雪花飘来时，这一切都会得到很大改善，大气中的雾霾、病毒也会被驱散、被冻死，关键是雪花能够瞬间勾起人们对来年的无限向往。按照农谚的说法，冬季的瑞雪兆示新的一年会五谷丰登、人寿体健，也在无形中激发出人们追求美好生活的原动力。可以说，雪花是吉祥的化身，是幸福的信使，是人们对美好未来的无限憧憬。

北方的雪花飘来，能够激活人们深刻咀嚼平常生活的自觉。历史的车轮滚滚向前，但是，过程一定是波浪式、螺旋式的。潮涨自有潮落时，月缺总有月圆时，生活的真谛总在繁华落尽时。过去，中国的经济快速发展，我们的企业规模日益壮大，职工收入高，优越感强，被自负意识充斥，当祖国前行的脚步调整为新常态的节奏时，当反腐倡廉的力度空前加大时，我们就更能静下心来过一过少了喧嚣和浮躁的日子，观赏飞舞的雪花，从容轻松地亲近这冬季的精灵。冬季的雪花是大自然赋予北方的大美，奢华艳丽终究只是过眼烟云，不管什么时候，雪花总在用它最质朴的倩影给平常的生活添彩，这个时候领略到的才是它真正的风采。

这个冬季的雪花是在二九、三九异常干燥、暖和之后才飘起的，起初还伴着冷风，零星地一片片、一朵朵滴在衣领中、脸颊上，会使人骤然一颤，继而密密麻麻，漫天飞舞，特别是在夜晚的时候悄无声息、兀自涂抹，次日清晨才创造出一个银装素裹的世界，让冬季更加动人。我热切地期盼今年的雪花大点、再大点，那样的话，这个冬季一定是个能给世界留下更多美好的季节，也预示着新的一年必定是个大丰收的年份。

当这场冬雪降临的时候，习近平总书记的反腐举措日益赢得民众的拥护和称颂，我不知道与此联系是不是一种牵强附会，但公众期许已久的这场大雪终究不是降临了吗？今年的冬雪姗姗来迟必定有它的道理，我特别爱这场雪！

2015 年 1 月 28 日

第二辑／岁月溢彩

延河水，奔腾不息

当车在薄雾中驶入延安的时候，车厢内欢腾了。透过车窗玻璃，一车人寻觅着宝塔山，找寻着延河水。

四周群山环抱，在晨雾缭绕的山梁上，梢林丛生，乳白色的雾气均匀地弥漫着，使黛色的松柏愈显迷离。宝塔从雾霭中依稀露出巍然的体魄，我的心不觉一震：宝塔山啊宝塔山，从清晨温馨的潮气中我嗅到了，从你英姿勃发的神韵中我意会到了，你伟岸的身躯经历过凄风苦雨和战火硝烟的洗礼，致使那经过风雨剥蚀的沧桑，已渐渐消失在时间的长河里。

宝塔山高高地屹立在山顶上，延河水不分昼夜地从它脚下奔腾而去。我想：宝塔山站得那么高，是为了庇护这里的一群人吧；延河水流得那么急，是为了哺育这里的英雄儿女吧。

延河的水还是那样欢快、急切，煦风轻拂，荡起了微微的水花，似诉说着当年毛主席的雄才大略，朱总司令的智勇兼备，周总理的博知广识……又似讲述着三五九旅战斗生活中的感人故事。延河的水啊，你仍那么浑厚、那么矫健；你仍那么川流不息，将老区的过去、老区的今天融入永久的记忆之中，投入滚滚的黄河怀抱，奏出悲壮的出征战歌。

延安鹤发童颜，延安雄姿英发。这座西北古老而年轻的城市，必将伴随着中国革命前进的步伐去迎接新的考验。

我陶醉，延河的湍流、跳荡的水花、奔腾不息的活力。

载 1988 年 12 月《盗火者》

矿山的女人

矿山的女人有矿山人的样，矿山的女人不一般。

矿山的女人和男人一样整天与煤打交道，身上脚上全是煤，一池水洗去身上手上脚上脸上的煤，却实在无法洗去骨子中的煤。

矿山的女人和城里的女人一样爱生活。脱掉工作服换上新潮的短裙，晃荡着乌发，扭动着腰肢，带走人群中一束束目光。

矿山的女人做事有股十足的煤味。矿山的女人学着男人的粗犷打社火、扭秧歌，矿山的女人用骂男人的嗓门唱流行歌。矿山的女人用教儿女的耐心学探戈、迪斯科，矿山的女人用爱男人的激情创造新生活。矿山的女人工作、学习、养儿育女、织衣、洗衣、做饭，常常夸男人夸出一曲曲醉人的歌。

矿山的女人是矿山的根。矿山的女人擎起了井架，矿山的女人拨动着天轮，矿山的女人是矿山永恒的春。

载 1993 年 4 月 5 日《澄城报》

薛峰水库荡船

看罢韩城局象山煤矿的建家（建立职工之家）工作现场，专车拉着与会代表向西北方向驶去，我们的下一个目标——薛峰水库。

柏油马路顺着一条大峡谷，沿着崖右侧山腰曲折前行。路两边是高大的白杨树，右侧的白杨树倚着山崖笔直向上，大有与峭崖争高的气势。左侧的白杨临着河床，高大挺拔，仿佛是护卫来往车辆的士兵。谷底是一条时聚时散的河流，间或有三五个小童在岸边的草丛中找寻着什么。细瞅，才看清他们擎着广口瓶。噢，是在捉蟹。真有情趣！

大约30分钟，车停在薛峰疗养院内。与会代表们耐不住会务组安排的小憩，匆匆提前上了水库大堤。

眼前的薛峰水库，平静地躺在群山的怀抱中，这是一个没留下雕琢痕迹的人工湖，水面上零星地点缀着几叶小舟，漂浮在轻风掀起的碧波上。好一幅意蕴深厚的中国画！听水库管理人员介绍，水库宽约1公里，长约8公里，湖区被一道伸出的山峰隔为两半，山峰伸向湖心时也变成了一块儿坡地，坡上密密麻麻地生长着林木，郁郁葱葱，给人一种静谧的感觉。

浓厚的兴趣驱使我们几个旱鸭子找桨寻船，不约而同踏上了一条可载十四五个人的大船。船在管理人员的指点下缓缓离开了岸，船舷两侧的6支桨对称排开，有节奏地划拨着水，荡得船来回摆动，让我这个初上船者还挺害怕的。因为没个划船的熟手,船常在水中打转,移动得很慢很慢。本以为6支桨从两边划水挺平衡的,可是不知哪门子不得窍,忽而,船头向左旋转,等把右边的桨移到左边,稍觉有掉过头的感觉,船头又开始向右旋转。真是防不胜防,有备也有患呀!船上不时地荡起笑声。如此这般折腾,还是离岸越来越远,距湖心的林木丛越来越近。也不知是船在湖心的缘故,还是风比初上船时更大了,只觉得湖面的绿波更加密集。不过,初上船时的胆怯心理一点踪影也没有了。

这时,大堤上有许多人挥臂示意我们回岸。回过头再看湖面,跟我们一起出水的其他小船也不知什么时候已经泊在了岸边。我们决定返回,似乎大家都有点着急。四五支桨集中到一边,划得更卖力了,船也不情愿地掉了头,各桨复归原位。眼看着船头又顺势转了360度,船上的人眼睁睁没有办法。船在湖心转悠,人在船上忙活,转来转去还在湖心。20分钟后,岸上派来接应的小船靠近,几名领导被接上那只船,渐渐离开我们回岸了。

我们船上的人少了,大家划水的劲头却更足了,可是效果甚微。后来,多亏接应的两名水手。他们潜在水中前引后推,船才慢悠悠靠了岸。岸上的人群中又旋起了笑浪。

真是美在水中,乐在荡舟中啊!

载《澄合工会动态》

说给劳动者

对于劳动的理解，我有个思维定式，那就是放学后割猪草、拉土、锄地、打土疙瘩，帮父母干一切能干的农活。从小就这样惯了，劳动在我的思维中就成了干这些具体活的代称。

我赞美劳动，因为劳动可以使土地长出庄稼，让牲畜有草吃，让人有饭吃、有衣穿。劳动中，你流了汗、付出了艰辛，也便会取得收获，不但心里踏实、愉悦，也印证了"一分耕耘一分收获"这句话的朴实和厚重。

对于不劳而获或投机取巧，我是非常痛恨的。不劳而获或投机取巧者，寄生虫也。人生在世，又有谁愿做或愿意承认自己是寄生虫呢？

对于劳动有更深入的看法，是自己干了党群工作之后的事。整天紧紧张张、忙忙碌碌，却没有给单位挣回来一分钱，似乎没有带来任何经济效益，仅仅只是对鼓舞职工士气、调动职工群众生产劳动积极性起了一定作用。直接从事安全生产工作得到的是客观现实的劳动成果，是有形的工作，但也有一定的局限性。党群工作是精神文化建设，是宣传思想引领，虽然无形，但它是促进企业和谐发展必不可少的组成部分，对企业的发展有着不可估量的作用。这样一来，你还能说自己付出的不是劳动吗？所以，我感到《现代汉语词典》对劳动的解释真好："人类创造物质或精神财富的活动。"那么，"劳动者"就是通过劳动创造物质和精神财富的人了。

劳动有体力劳动和脑力劳动之分，劳动者也便有了体力劳动者和脑力劳动者之分。体力劳动能够最直接最明了地创造价值，脑力劳动却只能间接地、通过一定的载体创造价值。过去体力劳动在生产生活中发挥主导作用，现在是脑力劳动发挥主导作用，社会的发展进步更大程度上取决于脑力劳动的质量。

在科学技术日新月异的今天，劳动不再是一种简单而粗笨的机械运动，也给劳动者提出了新的挑战，创造了新的机遇。那么，劳动者就更应顺应社会历史发展大潮，学科学、学技术、学道德，用知识武装头脑，练好内功，提升素质，只有这样，才会不落伍，才会不被淘汰，才会更加顺利地实现人生价值。

劳动者，不管是体力劳动者还是脑力劳动者，只要真正为人类文明、为社会的发展进步付出艰辛、做出贡献，那就应该给他们唱赞歌，给他们树碑立传。

载 2002 年 5 月 16 日《澄合矿工报》

麻雀

星期天，我来到办公室，屋内阳光很好，特别暖和。在初冬的季节，坐在办公桌前晒着太阳、看着书是非常惬意的事。

突然，从窗前临时搭置摆放花盆的木架板上，竟然飞起两只麻雀。奇怪，我四下瞅瞅，屋子门窗关得严严实实，这两个不速之客是从哪里飞进来的呢？

两只麻雀飞起来在屋内来回穿梭盘旋，时而落在暖气管上，时而飞向挂钟顶上，时而钻进花盆间隙，鲜活鲜活的小生灵，使人非常怜惜。我想逮住它们，好带回去给儿子玩。我看到有一只落在了窗台角上，便小心翼翼地伸手去抓，却扑了个空。那麻雀早已跳飞到木板的另一端；我绕过桌子去追，它又忽地飞到半墙上拉着的线绳上。如此反复几个回合，我一无所获，它们却对我更加充满了敌意。

自小我就对麻雀存有偏见，主要是大人们说它不是益鸟。那时候，大概是由于麻雀常啄食队上的谷子吧，队上不得不在谷子成熟的季节派专人到田里看护，驱赶成群结队的麻雀。有时还在各处扎上形状各异的草人。现在回想起来，那也算是农家田园的一道风景。那时候，粮食紧张，麻雀的所作所为便决定它成了"过街老鼠"。燕子却不同了，它捕食害虫，对庄稼有好处，也便成了农民心中的益鸟，许多人还在家里房檐下搭置依附物，给燕子筑巢垒窝提供方便。同样是鸟，却有着不同的际遇，让人产生不同的喜恶之情，麻雀实在可悲！

前些年，一些外地客商来收购麻雀，每只三到五角钱，听说是加工后装罐头出口。有个亲戚骑自行车到处捕捉，冬季个把月时间能收入上千元。后来，他感慨地说，麻雀越来越少了，钱也越来越难挣了。这时候，我再留心观察，麻雀确实比过去少得多了。没想到麻雀在这个年代有了这么大的价值，但它们的命运却比过去更加悲惨了。现在农民们大面积栽种果树，地里谷子之类的庄稼已很少见了，我几乎再没看到麻雀有害的一面，对这种小生灵是益鸟或是坏鸟的界限更模糊了。想起麻雀被屠宰装罐头的下场，我不觉又生出些许悲悯之情。

看着屋内这两个小生灵，我越发想逮住它们，但绝没有一点伤害它们的意思。我追得越紧，它们躲得越敏捷，上下来回翻飞，不敢歇脚，生怕给我留下机会。后来它们终于没了逃路，我的智商毕竟胜过它们，我堵住了它们可能的所有退路，心里暗自高兴。突然，有只麻雀一个俯冲撞向窗玻璃，随着啪的一声，它掉在了窗台上。我连忙捡起来，它半闭的眼睛慢慢地合上了……我的心头猛地一震。另一只麻雀见状飞得更拼命了。我的心头又是一震，生命是多么宝贵、多么神圣啊，麻雀们为了挣脱樊篱，得到自由，竟是那样奋不顾身，这是一种多么强大的力量啊！我没有理由不肃然起敬，没有理由再逼迫它们。

我默默地打开所有的门窗，让那只活着的麻雀飞走了，又收拾起那只死去的麻雀……我打算找个地方把它安葬了。

载 1997 年 11 月 6 日《澄合矿工报》

秋雨遐想

雨是一种自然现象，它的历史肯定比人类的历史久远得多。有了人类，雨也便有了意蕴。故而，雨的真正生命力在于人。

雨有季节之分，不同季节的雨能给人不同的情思。春雨清新，夏雨奔放，秋雨缠绵，冬雪无瑕。历朝历代有多少名人雅士吟咏过雨，为雨而喜、为雨而忧。雨似乎也充满了灵气，记得毛主席去世的时候，曾下大雨，人们都说，天在为失去一位伟人而哭泣。雨完全成了有血有肉、有情有义的使者。今年香港顺利回归之际，港岛又连连降雨。人们说，这雨洗刷了香港百年的耻辱，揭开了香港历史新的一页。普通人平时也喜欢把天气的晴雨作为预示某件事情吉凶、好坏的兆头，或顺畅，或坎坷，往往都能对应上一个说法。

今春以来，全球受厄尔尼诺现象的影响，气候变化异常，自然灾害大面积、多种类发生，给人们生活造成极大的影响。我国北方地区持续干旱，许多地方几个月没下过一场透雨，黄河几度断流，人畜饮水极其困难，秋粮几乎绝收，酷暑炎热创下历史同期的最高纪录。农民夏收后的地没有犁，眼看临近秋播，却面对干涸的土地一筹莫展。工人搞下岗分流，操心着工资，操心着企业效益不好，操心着来年的日子不好过。商人被炎热的气流熏得晕头转向，欲做不能，欲罢难休。心绪与气候同样躁烈。人们感到不安，感到惶恐，囤积粮食现象也有所抬头。人们呼唤着雨，企盼着雨。人们对雨的关注甚至可以看成是对未来命运的抉择。

在焦躁不安之中，党的十五大于9月12日胜利召开，几乎与此同时，老天送来了一场久违的甘霖。人们长舒一口气，兴奋地传递着同样的信息，既为十五大，又为这场秋雨。似乎可以这样认为，十五大带来了秋雨，秋雨对十五大又是一种注解。似乎也可以这样说，这秋雨经过冬的孕育、春的滋养、夏的炙烤，吸纳了日月精华，吮吸了风电灵气，姗姗来迟，却充满着秋的成熟，肯定会给我们带来丰收和喜悦。老百姓心底踏实了，粮价回落了，市场又活跃起来。特别是农人们，犁耧耙耱、舒舒坦坦地播下了希望的种子。

短暂的喜悦之后，老天好像又与人开起了玩笑。近两个月来，大地又与雨水失之交臂。人群中又有了新的浮躁，盼雨又成了许多人的最大心愿。11月9日，在举世瞩目的三峡工程大江截流取得圆满成功之后，又一场秋雨如期而至。田野里，新发芽的麦苗焕发了生机。老农说，麦根这回扎实了，分蘖越冬也会没问题了。我不知道，这场秋雨能否与大江截流联系在一起，这场秋雨又昭示着什么。

看着有意思的秋雨，我想把杜甫的两句诗改一改："好雨知时节，报春乃发生。"不知这样是否合适。

载 1997 年 12 月 4 日《澄合矿工报》

唐装，中国的骄傲

经常看电视，中国历朝历代的服饰都似曾相识，但从内心感到真正能代表中国，在头脑中留下深刻记忆的却不是很多。

民国时期的旗袍，刻画出了中国女性的窈窕婀娜和雍容高雅；民国兴起的中山装，修饰出中国男子的庄重和威严；"文革"中"不爱红装爱武装"的浪潮成了一个燥热时代的烙印。在2000年上海举行的APEC领导人会议上，亚太地区国家和地区的元首集体向世界展示了中国唐装的风采。

看着唐装，我不觉为之一震。是啊！经过改革开放二十多年的努力，江泽民总书记带领全国人民经过多年开拓创新、与时俱进，才使融民族性和时代性于一体的唐装，破解了有关中国历史浑厚和未来辉煌的议题。唐装，最能代表中国的博大精深和源远流长；唐装，最能凝聚中国的民族魂和精气神；唐装，最能从具有五千年文明史的长河中找到中国的从容自信和雍容典雅。

透过唐装，我看到了百余年屈辱的日子在香港、澳门回归时永远成为历史；透过唐装，我看到了中国政府精简机构，实行政企分开，进行结构调整的胆识和气魄；透过唐装，我看到了三年实现国有大中型企业扭亏为盈誓言的掷地有声；透过唐装，我看到了搏杀亚洲金融危机，实行积极财政政策，调整经济结构的丰硕成果；透过唐装，我看到了数十万莘莘学子在高校扩招中跨入知识殿堂的欢欣雀跃；透过唐装，我还看到了三峡工程、南水北调工程、西气东输工程和京九铁路在神州大地上书写出的瑰丽篇章。

凝望唐装，我听到了中国长征运载火箭呼啸着将"神州三号"宇宙飞船送入太空的绝妙乐章；凝望唐装，我听到了中国铁路五次提速的滚滚车轮更加铿锵有力；凝望唐装，我听到了千军万马与洪魔搏斗的拼杀声、号子声和奏响的凯歌声；凝望唐装，我一次又一次听到了亚运会、奥运会赛场上奏响的《义勇军进行曲》；凝望唐装，我真切地感受到了以井冈山精神、红岩精神、长征精神、延安精神和"两弹一星"精神为骨骼擎起的民族精神的厚重和久远；凝望唐装，我仿佛置身于因特网、移动通信和无线电波编织的五彩花环当中。

唐装，你和奥运相约而来，你为中国经济保持快速增长势头带来了吉祥，你借诚挚叩开世贸组织的大门，你以泱泱大国的气度使中国在反对霸权主义的斗争中维护了神圣和尊严，你顺着四通八达的高速公路播向祖国大地。

在我接触的众多的服饰中，唐装最气宇轩昂，唐装最华贵典雅，唐装最具有中国气派。所以，唐装是中国的骄傲！

载 2002 年 10 月 24 日《澄合矿工报》

世界的中国

人从出生那天起，就成了社会的人；国家从诞生那刻开始，就成了国际大家庭中的成员。

地球是人类的家园，人类只有一个家。这个家中居住着黄种人、白种人、黑种人。不同肤色的人虽然在种族、区域和生活习俗等方面有差异，但没有高低贵贱之分。人类社会之所以能够从愚昧走向文明，从贫穷走向富强，主要是不同种族、不同国家的人之间既相互交流，又彼此竞争；既加强学习合作，又不甘落伍抢占人类文明制高点的结果。

中国是具有五千年文明史的古老国家。汉唐敞开胸怀接纳世界，尽可能推动与其他民族的经济文化交流，也为人类社会创造了极其灿烂的文明成果；明清奉行闭关锁国政策，大兴文字狱，禁锢臣民思想，最终使我国沦落为落后挨打、丧权辱国的病夫之邦。同一个中华民族，由于采取了"放"和"收"两种对待世界的不同态度，取得的成效便大相径庭。这正反两方面的教训不能不引起我们的思考啊！

中国24年的改革开放成果，13年的开拓创新历程，也进一步证明：拥抱世界，中国才会找回那份久违的自信；禁锢自己，中华民族的聪明才智将会被扼杀！中华民族是具有优良传统的伟大民族，我们祖先曾经为人类社会的进步做出过巨大贡献。中国是地球村的村民，中华民族是世界民族之林中的一员。我们没有理由不与世界深度融合，更没有理由不与其他民族携手共同创造人类社会美好的明天。中国加入WTO的艰苦谈判不正是中国坚定地走向世界的明证吗？

一位西方学者曾经预言，21世纪将属于中国！果真这样的话，从现在开始，中国就必须甩开膀子向前走，中国就必须敞开心扉和世界切磋，中国就必须吸收和学习人类文明创造的一切优秀成果，中国就必须切实承担起世界和地区大国应尽的责任和义务，中国就必须在正视落后的同时付出比别人更多的努力。最近，江泽民总书记在亚太经合组织第十次领导人非正式会议上指出：当今世界，没有一个国家可以关起门来实现发展。由此，我们不是真切地感受到了中国共产党人对合作与交流的渴盼吗？不是更清晰地听到了中国将随着世界的鼓点奋勇向前的誓言了吗？不是更明确地表达了中国融入世界的决心和信心了吗？

党的十六大是新世纪中国共产党召开的第一次全国代表大会，会议将为新世纪发展描绘宏伟蓝图，选出具有时代风貌的领导集体，并指引中国进一步面向世界，走向世界，融入世界！我们完全有理由相信，开放的中国必将以新的姿态与世界融为一体，蓬勃的中国必将跨入大发展的历史新时期，雍容大度的中国必将为世界创造许许多多惊喜！

中国属于世界，世界离不开中国。在这个不同价值观念相互碰撞，并不断绽放绚丽色彩的火热年代，中国正张开她那钢铁般的臂膀去拥抱世界。我们唯有深切地祝福：走好，世界的中国！

载 2002 年 11 月 14 日《澄合矿工报》

成熟之歌

我师范毕业已经十六七年了。有一次在街上碰到母校的一位任课老师，稍作回忆后，我高声叫住了她。老师回过头看了半天，然后惊喜地叫出了我的名字。紧接着，老师以赞许的口吻道："成熟了，像男人了！"

后来，我总回味老师这句话。自己生来就是男人，不存在像不像的问题。老师把成熟与男人联系在一起，说自己像男人了，肯定是指经过十六七年的风雨兼程，自己已不再是当年那个毛手毛脚的小伙子了。我感叹，岁月在不知不觉之中磨砺了我！

实际上，任何事物的发展变化都有一个过程。成熟应该是发展的一个高级阶段，人更是这样。成熟原本是指庄稼在播种之后，经过风吹日晒，雨淋霜打，长出了累累硕果。人生是在没有返程车票的单行道上，经过挫折的摔打，经过岁月的洗礼，更能积极主动地认识和把握社会发展的客观规律和人际交往的艺术技巧，切实承担起自己的社会职责，这更是一种成熟。

每个人的人生都是一个走向成熟的过程。伟人是经过艰难跋涉后成为伟人的，老百姓是经过艰辛耕耘后成为贤者和智者的。不管是伟人还是老百姓，他们出生时都是啼哭而来，从咿呀学语起步，然后在社会实践中不断努力，不断进步，走向成熟。当然，人们对成熟有着一些共同的认识，但实质上，社会生活中的每个成员对于成熟都有各自的理解。

　　对于成熟，有的人把老到、持重视为成熟，有的人把守旧、世故视为成熟，有的人把阴险、狡诈视为成熟，有的人把八面玲珑、见风使舵视为成熟，有的人把事业节节攀升视为成熟，有的人把藏着掖着、颐指气使视为成熟，有的人把甘于和乐于承担责任视为成熟……我对成熟的理解是，不管什么时候，都要对自己有个客观、准确、清醒的认识和定位，积极探索周围事物发展的客观规律，向着尽可能实现人生更大价值的目标，坚持不懈地去努力，情起热血沸腾，理至稳如泰山，义到鬼神动容，宠辱不惊，得失不患，好好地为亲人、为社会奉献自己的力量，不断地提高生命的质量。

　　成熟只是相对而言，成熟没有止境。人活着，就必须不断地去追求成熟。那么，人生就不能放松自己，就必须树立终身学习的理念，就必须把学习作为生存和提高生命质量的根本途径。与此同时，还要不断地思考社会、思考人生、思考生命的真正意义，思考一切事物发展变化的客观规律，积极地去掌握它、利用它、改变它，去把事情做得更好，去更好地实现卓越。

　　《澄合矿工报》创办至今，历经坎坷、艰辛和发展，已经由一个稚气未脱的山村伢子出脱成了朝气蓬勃、英俊潇洒的现代青年。欣喜之余，冗笔赞之。愿《澄合矿工报》在建设文明富裕和谐新澄合的崇高事业中，迈步更从容、更自信、更坚定，走向更成熟！

载 2004 年 2 月 19 日《澄合矿工报》

神木印象

我曾经在神木工作了半年，这是我人生中的一段重要经历。自己此前一直都很向往陕北，向往革命老区，向往那块躁动着的热土，最终能有机会在陕北工作一段时间，也使多年的愿望得以实现。

记得刚到陕北时，对那里的一切都很好奇，茫茫的大漠，路边的一草一木，流淌在沙漠沟壑中的任何一条小河……坐着车子从宽阔的街道上一晃而过，这就算初步接触了陕北。如果作为一个路人，这样走过一个地方，在人生的历程中就有了去过那里的历史。但是，于我而言，倘若把这样匆匆而过就当作认识了一个地方，那就实在太肤浅。

刚到神木的时候，我对那里的印象比较好。过去就知道神木这几年通过开发能源，突然间变富，革命老区人民终于过上了好日子。神木的街道很宽敞，高楼大厦很多，宾馆酒店很多，高级轿车很多，女人也时髦地穿着短裙或短裤，腿上套一条光滑的黑色丝袜，这是大城市目前流行的一种时尚。女人的着装引领着一个城市的潮流，也反映着这个城市的主流审美。

神木的街道是南北走向的长，东西走向的窄，一个东山、一个西山把神木县城夹在中间。南北足有十多公里，东西却只有两三公里的样子。窟野河从西山脚下流过，包西铁路顺着山腰穿过，从西往东总共4条街道，依次是滨河大道、麟州街、东兴街和兴神街，都是从北往南贯通。街道很宽，路面很平整，两边矗立着多栋高楼，兴神街的等级稍微低点。经常乘车走过这些街道，感到神木很气派、很热闹，简直就是这几年发展起来的"暴发户"。

一天下午，我和同事老赵吃过晚饭去散步。不经意间，我们认识了一个古老的神木、一个有底蕴的神木。我们是从南端的街道往麟州街方向步行的，三拐两拐，竟然走进了一条胡同。这分明就是个小胡同，街道和两边门面前的台阶都算上，也就七八米宽的样子。地面是小块水泥板铺就的，大多数已经破损，昭示着这条街道已经有了年代。再往前走，两边都是很讲究的砖瓦房，无论窗户、门楼，还是房檐都是一副饱经沧桑的模样。街道两边店铺林立，小摊小贩、三教九流，干什么的都有，特别是大多数门口都坐着休闲纳凉的老人，许多孩子三个一拨、两个一伙地在路边玩耍，街道里停放的车辆也不是那么高档，与关中县城的差不多。老赵高兴地说，我们终于看到古老的神木了，这是神木的土著居民，这才是历史的神木。

经过打听了解，这里被证实就是神木县城最原始的样子。我们走进去的这个所谓的胡同原来是神木县城的南大街，继续往北走，还要穿过钟楼，过去后就是北大街。在南大街，我们还看到了一座关帝庙，已经有些年代。我和老赵走进去，和门口坐着的几个老人攀谈了几句，便去拜谒关老爷。看着关老爷的塑像，我给这位大英雄行了礼、鞠了躬。关老爷侠肝义胆，无论在哪里，老百姓都敬重他，都把他当作神明来供奉，他在中国民间的影响真可谓广泛而深远。

穿过这条狭窄而幽长的胡同似的街道，就渐渐进入了神木新区。街道在原来老县城的基础上，向南向北分别延伸了许多，使新县城比老县城起码大四五倍。古老的县城和街道都被现代化的楼房和大街包围起来了，我们看到的只能是林立的大楼和宽阔的马路，真正的神木其实是藏在最里面的。还好，神木人比较完整地保存了旧县城的街道和房子，这是非常有远见和超前眼光的措施。

神木就是古时候的麟州，这是北宋时杨家将戍边的地方。那时候，北宋王朝的政治文化中心在开封，西北地区的匈奴和少数民族一个是西夏，一个是金国，他们对北宋的袭扰最多，威胁也最大。北宋王朝中有个很能打仗的大臣老令公杨继业，他的七郎八姐九妹和众多儿媳妇，个个都能骑马射箭、舞刀弄棒，为稳定北宋王朝的边关做出了巨大贡献，也在历史上留下了美名。从这个意义上讲，我们目前就在边关，就在那个曾经饱经战火洗礼的地方。现在交通和通信方便了，一天就可以回到关中。要是在过去，路途遥远，车马劳顿，来去关中是非常艰难的，信息传递也是很缓慢的。不说别的，就在20世纪20年代初期，刘志丹要去关中三原县参加全省的学代会，骑着毛驴，也走了半个多月！

过去向往陕北，还有一个缘由，是因为窟野河。我曾经读过一篇散文，讲的内容是陕北下了大雨，窟野河涨水，滔滔的河水从上游滚滚而下，就把上游的煤块冲了下来。下游平缓地带的男人们便纷纷领着婆姨去河里捞煤。到了岸边，男人脱掉外衣一个猛子扎下去，再露头的时候，就会有煤块高高地举过头顶，婆姨们一边站在河岸上收集着男人捞到的煤块，一边嬉笑着互相之间评头论足。捞煤块的人多了，就有了暗自较劲和逗乐的氛围，使大家在劳动和嬉闹中感受到了生活的苦焦和乐趣。现在陕北人富裕了，窟野河的水也已经少多了，下河捞煤块的事情肯定不会再发生。窟野河从神木县城西侧流过，神木县政府出资修建了30多公里长的大堤，那里已经成为市民休闲娱乐的好去处。目前，西岸的工程还在进行，听说要修筑一条导流槽，待到发大水时用来泄洪，河床中的工程机械一天到晚轰鸣着，看来距离完工尚需时日。

　　神秘的神木，粗犷的神木，厚重的神木，我就在你的身边。神木在发生着蜕变，神木的历史和现代正在悄无声息地进行着交融。近距离地接触和认识神木，感觉到神木是上帝赐予革命老区的一份珍贵礼物，在通往未来的征途中，神木一定会变得更加富有魅力。

2009 年 5 月 10 日

澄合的 2009

2009年的日历翻得再剩下两页了，眼看着，新的一年就要来临了。

在这个节骨眼上，我想，一年到头了，不管从哪方面讲也应该对即将过去的这一年做个回顾总结吧！其实，日子就这样一天一天、一年一年地过着，稀里糊涂着也能攒起一辈子。可是，真要那样的话，人生也就真的会在蹉跎中被消耗掉了。

身处澄合这片热土，感受和见证着澄合最近七八年的快速发展，特别是在2009年所创造的辉煌，总结和回顾的念想不由得使我把切入点从个人身上转移到了澄合这个大步走向文明富裕和谐的现代企业身上。

原来想给这篇短文取名《2009年的澄合》，想以澄合为文眼，突出澄合、赞美澄合，肯定澄合过去创造的业绩，更赞美澄合2009年所谱写的新篇章。文章想围绕澄合展开，把澄合2009年的前行放在国际金融危机的大背景下，挖掘澄合的不同凡响，弘扬澄合的敢为人先，赞颂澄合的自我超越，传播澄合的真抓实干。但是，转念一想，固然澄合前进的脚步是坚定、稳健和跨越式的，所取得的成绩更是职工群众有口皆碑的。但是倘若把澄合放在国家经济在异常困难的情况下顺利实现保八目标和整个煤炭行业快速发展的大背景下来衡量，再抓住2009这个时间点来说道澄合，多少就有点夜郎自大的感觉。也就是说，从横向比，澄合尽管把建设全国一流安全高效节能环保煤业作为发展目标，毕竟目前还没有达到那样的水平，况且，与省内外、国内外的同行比，澄合的工作的确还存在着一定的差距。

给文章取名《2009年的澄合》不恰当，那改为《澄合的2009》怎么样？这样一想，稍作推敲，我不由得为这样的改动而窃喜。澄合建局将近40年，不管国家经济形势是好是坏，不管企业的发展是顺是逆，澄合都在一以贯之地向前迈着步子，但是，却始终都没能摘掉小局、弱局的帽子，澄合人的胆识、气魄、境界和追求始终被周围的沟壑大山束缚着，无法取得突飞猛进的提升。老区的改造和挖潜，澄合人在其中做足了文章，使企业的管理达到了较高水平，这些成绩的取得始终依赖的是渭北黑腰带上的那几对老矿（一个矿井由主井和风井构成，故称为"对"），有的矿井即便是经过政策性破产，还为做强企业出尽了最后的一份力。

2009年，是澄合历史上发展最快的一年，是新区建设取得实质性进展的一年，是职工收入明显向一线倾斜并显著提高的一年，这些成绩都是创纪录的。澄合的2009年注定要载入史册。在这一年，澄合上马了两对新矿井，收购、整合了两对地方、私人小矿，参股了一对即将投产的新矿，兼并扩张的结果，使企业产能在"十二五"初将达到现在的4倍，因此，2009年是澄合历史上哪个年份都无法企及的，把这篇短文的标题定为《澄合的2009》，最能凸显2009年在澄合的发展壮大过程中的里程碑意义。

澄合的2009，这年企业保持了持续快速发展，原煤产量超过了435万吨；澄合的2009，这年职工的收入进一步提高，人均月收入增加403元；澄合的2009，这年新区建设正大踏步向前迈进，上马、收购、参股的五对生产矿井正在紧张地建设着，钻机、井架、各种机械和辛勤的建设者被定格在一个个鲜活而充满生机的动人场景之中；澄合的2009，这年数千户职工欢天喜地搬进新居，阳光小区凝结起了积极进步、温暖和谐的浓厚氛围；澄合的2009，这年西荷小区作为沉陷治理项目，金水小区作为棚户区改造项目先后开工，数十辆挖掘机、装载机和数十台塔吊进入工地，隆隆的轰鸣声洋溢着奔向幸福富裕的祥和紫气；澄合的2009，这年正如媒体所宣传的整合煤炭企业的"山西模式"在这里也演绎着一曲曲高亢雄浑的旋律；澄合的2009，这年集团公司的振兴老区规划在这里得到充分实践，老区职工的脸上又荡漾起了久违的对未来的憧憬和自信；澄合的2009，这年是澄合的一个新开始，是开创未来的一次新跨越，是创作一篇鸿篇巨制的神来之笔，是惠泽澄合人以后几十年的"历史瞬间"。

2009年，我经历了澄合的大发展，见证了这片热土上的云蒸霞蔚，参与了建设文明富裕和谐新澄合的实际工作，感受了澄合矿区人心思进、人心思齐的强大引导力和推动力，我庆幸，自己赶上了好时候。其实，个人的命运永远都是与国家、企业和团队联系在一起的，如果失去这些强大后盾，个人永远也只能算作茫茫宇宙中的一粒尘埃。这样想来，方觉得2009年既属于澄合，同样也属于我。因为我服务了澄合，澄合也哺育了我，我真切地融进了澄合大发展的滚滚洪流，也使自己的人生增添了无尽的绚丽色彩。

澄合的2009，也是我的2009。这一年真值得好好总结！

2009 年 12 月 29 日

渭北这片热土

人常说，看景不如听景，这话很有道理。

听景的时候，这个所谓的"景"就有着相当深厚的内涵，其中涉及的那些故事，也能够激发听众的好奇心，感觉上会更有一番意蕴。看景的时候，"景"是实实在在的，进入观众视线的都是司空见惯的平常和没留出一丁点遐想空间的景象，甚至还有一些丑陋和阴暗面，这样的"景"又能带给观众什么样的感受呢？

我们生活在澄合这片土地上，这里的美丽和凡俗都能直接或间接地进入我们的眼帘和耳鼓，所以对它除了热爱，更多的则是一种平淡和无动于衷的被动感受。至于对这片土地上曾经发生的故事，更是无暇顾及和挖掘。所以，生活于斯的大多数人们并不会感受到这片土地的浑厚和耐读。

这片热土上曾经发生过许多故事，只不过大多数都被尘埃所掩盖，静静地沉睡在典籍之中。澄城是共产党开展革命斗争比较早的地区之一，最为著名的就是"崖畔寨事件"。"西安事变"之后，在澄城人民抗日救国激情高涨的推动下，县保安大队大队长张绍安和胞弟、时任县委书记的张鼎安以及部分共产党员商议，准备武装响应"西安事变"。他们成立了"抗日救国牺牲团""澄城各界抗日救国联合会"，发表拥护张、杨八大主张的通电，在县城举行了声势浩大的游行。起义的枪声打响之后，杨虎城将军驻防大荔县四十二师师长冯钦哉叛杨附蒋，妄图扼杀这支革命武装力量。在崖畔寨，国民党部队以一个旅的兵力和当地的地主武装及反动势力，向驻扎在崖畔寨的起义部队发动了猛烈进攻。由于力量悬殊，加之起义部队内部出现叛徒，起义失败，致使张绍安、张鼎安、袁子厚等11人英勇牺牲，在澄城革命斗争史上写下了光辉壮烈的一页！

更为可圈可点的是在解放战争期间，为了反击胡宗南的进攻，配合中原战役、太原战役和淮海战役，西北野战军先后在这片热土上发动了澄合战役、荔北战役和永丰战役，有效地消灭了胡宗南蒋匪军的有生力量，打击了他们的嚣张气焰，巩固和扩大了黄龙解放区，从此以后，胡宗南蒋匪军与西北野战军的力量对比悄悄发生逆转，国民党军的优势渐渐丧失。

就是我们生息繁衍的这片土地，就是我们熟悉的这片土地，就是我们感到再平常不过的这片土地，其实它本来就是一片红色的热土。说它是红色的，是因为在这里共产党很早就成立了地下组织，并且开展了早期革命斗争，播种下了星星之火；是因为在解放战争中，共产党的西北野战军和国民党的胡宗南部队在这里打过无数次的战役和战斗；是因为彭德怀、王震和张宗逊等老一辈开国元勋们曾经驰骋在这片土地上，这里留下了他们革命的足迹和英姿；是因为西北野战军的六个纵队和其他地方部队的广大指战员南征北战，许多将士都把鲜血和生命献给了这片广袤的土地。

在渭北这片热土上，西北野战军和国民党蒋军的较量是惨烈的。不管是澄合战役，或者是荔北战役，抑或是永丰战役，战斗都打得十分艰苦，常常形成拉锯战，各自的防区也呈犬牙交错之状。因为那个时候，不管从部队的数量上，还是装备上，国民党蒋军占着绝对优势，他们拥有飞机、坦克和大炮等重型武器装备，而西北野战军却只拥有少量的大炮。在这种情况下，要战胜强大的敌人，难度就可想而知。据老人们讲，在打永丰战役时，进攻的野战军部队倒下一片，后续部队就再冲上一队，民间甚至传言，永丰战役是用攻城部队烈士的遗体堆积起了后续部队冲锋前进的道路。

我们的这片热土需要宣传，这些将士们的英名应该为后代所永远缅怀。其实，名与实之间往往存在着很大的距离。名是人们传说的，经过艺术加工和修饰的；而实是客观存在，就是平凡和事物的常态。我们羡慕外面传扬的一些名，相应地外界也在羡慕我们拥有的一些名。我们生活的这片土地本来就是一片红色的热土，或许正是因为我们置身其中而没能切身感受到它的真正价值而已。

这片热土上有故事，特别是那些红色的故事更是需要我们薪火相传，那样的话，革命先辈们所流的鲜血和付出的牺牲才会孕育出更加娇艳的花朵，这片土地也才能赢得更多人的仰慕和向往。

2011 年 7 月 6 日

澄合人的福祉

生活在澄合这个大家庭，为了澄合的发展殚精竭虑，依靠澄合的滋养而意气风发，这就是澄合人。澄合人首先是一个群体，是代表着澄合主流价值追求的众多人，它包括广大干部、职工和知识分子等，也包括来自五湖四海全身心投入澄合建设的每一个人。澄合人某些时候也是单个个体，这个庞大群体中的每一个成员都有权利冠以澄合人的称谓。他们是澄合人的一张张名片，也是澄合人良好精神风貌的具体展示。

澄合人的福祉是什么呢？就是这个群体和这个群体中每个成员的根本利益和幸福、快乐的有机统一。前些年，煤炭市场不景气，企业只能维持简单再生产，职工连最基本的生活都难以为继，澄合人的根本利益无法保证，幸福和快乐无从谈起，在这样的条件下，如果还奢谈福祉，那绝对是令人笑掉大牙的事情。当然，在那些备受煎熬的日子里，也不是谁的日子都不好过，也有少数人吃香的喝辣的，过着优哉游哉的舒坦日子，他们绝对不能代表澄合人。

澄合人的福祉靠什么来实现呢？靠的是澄合的快速健康发展，靠的是澄合的原煤产量连年递增，靠的是澄合不断强化内部经营管理，靠的是培育出能够团结人、凝聚人和激励人的文化软实力，靠的是每个员工立足澄合、热爱澄合、奉献澄合的使命感和高涨的热情。最近几年，澄合齐心协力，不辱使命，埋头为企业发展流血流汗，俯身为把企业做强做大做成"百年老店"而荣辱与共，夜以继日地为国家建设输送着"工业血液"，在澄合这个舞台上最大限度地实现着人生价值，抒写着生命的精彩。

今天的澄合人是令人羡慕的。职工收入连年增加，一线职工和普通职工比以往任何时候得到的重视、关怀和实惠都要多，体面劳动逐步变成现实，成片的楼房拔地而起，几十年依靠火炉取暖的条件正在加紧改善，职工家属的食宿条件发生了天翻地覆的变化，小轿车在短短几年大量进入普通职工家庭，影视剧中职场人的翩翩风度闪现在身边，以至于各个小区、各个办公场所车位紧张。澄合人走在街上，不管是神态还是仪表，流露出的都是潇洒和自信，特别是女士，身上似乎刻着字似的，不管走到哪里路人都能分辨出是澄合人，也惹得其他单位的姐妹眼馋嫉妒，难怪人们说女人是最性情和最能张扬心声的人群。澄合人有统一的制服，有统一的标志，有统一的行为规范，但这仅仅只是表象，更重要的是，澄合人有共同的理想、共同的价值观、共同的目标追求。

在澄合这片土地上生息繁衍的人群，是最普通，但又非同寻常的一个群体。这些人，要生存，要幸福，要传承，要给父母养老送终，要哺育子女成人成才，为他们铺路搭桥。澄合人建设新区，上马新矿井，对老矿进行技术改造，提升生产能力，既是希冀为国家建设做更大的贡献，更是力图惠及子孙后代的百年大计。这里是每个澄合人的家园，更是每个澄合人赖以生存的"衣食父母"。澄合人如果有过人的天赋、超常的能力、机遇的眷顾，便能以这里为大本营，继而到外面更广阔的世界创造更加辉煌的人生；如果只是芸芸众生中的普通一员，那么一辈子在这里生活、工作、生存、繁衍，感受到的幸福也不会比别人少。在这片土地上扎根的大多数人，都会成为依赖这里、建设这里、奉献这里的主人，他们恰恰也是澄合人的脊梁。

这几年，澄合的发展速度加快，人气趋旺，我们幸运地与澄合有史以来的巅峰时刻相伴而行。过去在企业困难时期出去闯荡的人们折身而返，各个大学的优秀毕业生一茬接一茬签约而来，人老几辈子鄙夷矿工的当地农民千方百计要求下井当工人。不管是老职工、新来的大学生，还是采掘一线的工人，他们都是企业的主人，都是响当当、硬铮铮的澄合人。特别令人欣喜的是，新接收的成百上千名大学生、技校生和年轻一代农民工，给澄合注入了新鲜血液，使职工队伍焕发出了蓬勃生机和活力。我们完全可以相信，再过一二十年，从澄合这片热土上成长起来的年轻人，必将挑起澄合可持续发展的历史重担，以更加自信的姿态引领着澄合迈向更加辉煌的明天！

历史的车轮将要跨入2012年，澄合人的福祉既体现在当下，更寄予未来。为了澄合人共同的福祉，我们应该再一次站在历史的新起点，立足当下，着眼长远，团结一心，奋发进取，热爱自己的岗位，干好自己的工作，不断增强企业的硬实力和软实力，使澄合在新的时代大潮中激荡出新的活力和竞争力。那样的话，澄合人的福祉才能更充分、更大限度地得以实现！

2011 年 12 月 28 日

厚重的樊川

西安市有个长安区，长安区政府向东南太乙宫方向有一条道，叫樊川路。过去，从那条路上经过，觉得路窄、等级低，尘土飞扬，建筑凌乱，行人灰头土脸，像是典型的乡镇公路。可是，老乡杨虎城将军及夫人、儿子却长眠在这里。

新中国成立后，人民政府把杨虎城将军的灵柩从重庆搬迁到西安，并在长安樊川进行了公葬。杨虎城将军是蒲城人，蒲城埋了那么多皇帝，想必也能安放下英雄的亡灵。可不知为什么却把英雄的墓地选在樊川与杜公祠和牛头寺毗邻的少陵塬下。杨虎城将军是突然遇害的，估计也来不及考虑身后之事，那么安息在樊川未必就是他本人所做的决定。为此，我常常为蒲城惋惜！

最近翻阅了一些资料，才发现长安樊川是个历史文化积淀非常深厚的地方。樊川处在少陵塬和神禾塬之间的平川地带，西北起于韦曲镇塔坡村，东南止于终南山北麓王莽乡江村，是一条长约15公里的狭长川道，是纵贯其间的潏河长期冲积而成。在汉唐时期，这里曾经居住过许多达官贵人、文臣雅士，杜甫曾经在这里生活过好多年；杜牧出生在这里，并且在此度过了充实的人生，留下了《樊川文集》，这是一部融诗词、散文和政论于一册的文集，为后世留下了宝贵的精神文化财富。

唐朝著名诗人崔护因为讨水偶遇佳人留下的一首脍炙人口的诗歌也题写于这里。有一年清明节，崔护来到樊川郊游，行至一处幽静的庄院附近时，感到口渴难耐，就叩开庄院的大门，从一个妙龄女子那里讨了水喝，女子靠着盛开着桃花的桃树看着崔护喝水，崔护在喝水时瞥见了女子清丽优雅的姿容，此情此景给崔护留下了难忘的记忆。第二年清明节，崔护再次造访这里，可是庄院的大门上却挂着锁，难见昔日妙龄女子的倩影，崔护不由得生出惋惜之情，挥笔在大门上题写了《题都城南庄》："去年今日此门中，人面桃花相映红。人面不知何处去，桃花依旧笑春风。"这首因偶遇而题写的情诗，已经成为千百年来点缀樊川的一朵绚丽奇葩。

韦曲、杜曲坐落在樊川，这两个地名非常有来头。韦曲是唐皇亲韦氏家族的居住地，其中包括武则天的儿媳、唐中宗的皇后等都曾经在此居住。杜曲是唐朝宰辅杜氏家族的居住地，杜家在晋朝有杜预，唐朝有杜佑、杜甫、杜牧等。"韦曲花无赖，家家恼杀人"就是当时对樊川美景的生动写照。樊川一线还曾以兴教寺、华严寺、兴国寺、牛头寺、云栖寺、禅经寺、洪福寺和观音寺"樊川八大寺"而享有知名度，其在佛教界也具有举足轻重的地位。

长安区一直试图开发这块宝地，但是，对这里如何定位，专家学者意见不太统一。加之，在西安市市政建设任务非常繁重的情况下，资金问题也是制约的瓶颈。在长安樊川，名人留下的足迹实在太多，要进行综合开发，特别是要做到不顾此失彼、能相得益彰，确实需要着眼长远，进行深层次探讨。如果抱着急功近利的心态，不做长远规划和分阶段实施方案，想起一出是一出，东一榔头西一棒槌，那就是对原生态沉淀历史的严重破坏，也无法形成强大的冲击力和影响力，更无法对历史文化进行有效的宣传和普及推广，这也算是个较难破解的课题。

随着时代的进步，今天的樊川正处在非常重要的发展阶段。樊川两侧已经是高校林立，斗拱飞檐、朱门青瓦、木柱镂窗，更有茶馆酒肆、古式陈设、名贵花木点缀其间。但是，樊川的底蕴和文化内涵绝不仅仅就是这些，这里沉睡着一批名人，流淌着一种文化，激荡着一股精神，这些都有待于当代人用时代的强音去唤醒它，用现代的时尚去嫁接它，用流行的色彩去渲染它，使樊川在不久的将来散发出更加久、远更为醇厚的无穷魅力。

今年7月，西安地铁二号线就要通到长安樊川北段，必定会极大地改善这里的交通状况。在潏河边上，已经建成地铁二号线停车场。潏河湿地公园也要开工建设，将来在长安南路以东的6公里河堤上，将建成市民休闲娱乐的好去处，这一带的生态环境和居住环境必将得到极大改善。西安城区开发的空间已经越来越小，城市边缘地带的开发方兴未艾，加之，八水润长安工程的持续推进，潏河的开发与樊川的开发一定会优化和美化周边的环境，这是一桩桩利民的举措，老百姓肯定会赞成和拥护。

我对于樊川的了解，相对还比较少。仅此，对于樊川的看法已经发生了根本改变，过去觉得这里是脏乱差的代名词，现在觉得这里的积淀是那么深厚，杨虎城将军安息在这里，也不会辱没将军的英名和盖世功勋。航天城就在长安，也离樊川不远，看起来，樊川是个能把历史文明和现代文明有机结合起来的地方，客观准确地认识这个地方非常有意义。

2014 年 1 月 23 日

时 代 的 符 号

　　我压根没有想到，这辈子还能在省城西安买上房，还能学会开车，还会挑来拣去地选择属于自己的家用小轿车。

　　2003年以后，经济社会发展进入了不寻常的时期，计算机、手机、小轿车和房子等具有明显时代特征的物件，大踏步地进入普通百姓家庭，也致使许多家庭把主要精力都投入在为拥有这些物件、实现更多梦想而奋斗上。特别是2008年以后，小轿车在不经意间就进入工薪阶层，短短三五年，大街小巷、马路上行驶和停放着的各式各样的车辆，天天在增加，年年在增多，道路阻塞现象更加严重，以至于许多老司机感叹道，现在开车比以往任何时候都更难。

　　我于20世纪80年代参加工作，成家的时候，一件像样的家具也买不起，家里最值钱的东西就是妻子娘家作为嫁妆陪过来的一个高低柜、一个立柜，还有我们自己购买的一张圆桌、四把钢管椅子和两个竹篾编制的喷了粉红色油漆的手提箱。电视、洗衣机和组合家具对于我们这对从农村出来的年轻人只能是储存在梦想中的奢侈品。婚后第一年，我们才买了一台落地风扇，因为新房在妻子学校的单身宿舍中，宿舍在二楼，也是顶楼，夏天特别炎热，最后还是在岳母的反复劝说下才咬牙买的。

　　那时候，我们两个人的工资除了购买基本的生活用品，再接济一下农村的父母，基本上就所剩无几，根本谈不上有其他更多的开支计划。后来，有了小孩，只能把孩子寄养在农村老家，我们三四个月都抽不出时间去探望孩子，以至于孩子与我们生分，伤心得妻子流了好长时间眼泪。当时，倘若说家庭有梦想的话，那就是把孩子顺利养大，等有钱的时候，买一套属于自己的房子，把小家庭建设得现代化一点、温馨一点，仅此而已。

20世纪90年代中期，妻子学校附近的商品房只卖四五百块钱一平方米，住在同一栋单身楼上的好几个年龄大点的同事都花三四万块钱买了新房搬走了。我们不具备买房子的经济条件，只能把这样的梦想藏在心中，往后一推再推。快到90年代末时，附近一所初中集资修建教工住宅，那个学校的校长是妻子初中时的老师，他一直非常关心我们，愿意给我们一个指标，每平方米只要七八百块钱，即便这样，我们仍然无法凑够买房子所需的资金，只能千言万语表示感谢，放弃了那次买房的绝好机会。2003年，单位准备在西安团购住宅楼，每平方米2000元，在周围熟人和同事的鼓动下，才硬着头皮报了名，东拼西凑缴了7万元首付。等到三年后交房的时候，挣的工资明显高了，买那套房子竟没再作多大难。

此后一个时期，许多家庭都把在西安买房当成了一个最重要的梦想，特别是2006年以后，周围同事、同学和朋友都千方百计寻找渠道在西安买房子。见面谈论最多的也是这件事情。短短三四年时间，有的人在西安买了首套住房之后，又作为投资买了第二套住房，一时间在西安买房子似乎成了衡量一个人成功与否的重要标志。同时，买私家车也被提上重要议事日程，各人都会根据自己的经济状况，把购买私家车确定为一个时期家庭建设的首要任务。现在，不管是我的同龄人，还是更年轻的，购买小轿车的愿望已经超过一切，在农村给孩子定对象，或者为孩子办喜事，也把买私家车当成了最为重要的条件之一。清明节回老家祭祖的时候，去公共墓地的车辆令人眼花缭乱，在外地工作的游子都开着各自的私家车回来祭祖，这在过去绝对是无法想象和不敢想象的。

　　小轿车已经进入普通家庭，想起过去流传的顺口溜，"电灯电话、楼上楼下"，就是理想的生活状态。现在回想起来，一方面感觉到过去的目标实在太低，另一方面也充分感受到最近几年的发展速度实在太快，让人觉得像在梦中一般。事实上，我们今天正处在这样一个日新月异的时代，房子、小轿车已经成为普通家庭的重要物件，也是这个时代的最重要符号。我们生活在这个时代，见证了这个历史性的巨变，这在中国过去几千年的社会发展史上都是绝无仅有的，从一定角度讲，我们应该算作幸运儿。

2014 年 5 月 19 日

咬紧牙关，迎着困难而上

一个人来到这个世界，没有选择的自由。有的人生在战火纷飞的年代，有的人却生活在太平盛世；有的人生在风调雨顺的丰收之年，有的人却生在灾难横飞的困苦岁月，可不管生在什么年代，个人拥有的也仅仅只是一辈子。这辈子的重要性就不言而喻。

人无法选择自己的出生时辰，就像我们无法摘取天上的星星一样。人类的繁衍生息是必然的，但是个体的到来绝对存在着偶然性，故而，每个人都是上苍派来的精灵，如果不珍惜这有限的七八十年就愧对上苍。

人生在世，到底应该怎样活？按照儒家的传统道德观和价值观，就是要恪守仁义礼智信的准则，既可以是修身、齐家、治国、平天下，也可以是达则兼济天下、穷则独善其身。作为普通的现代人，活得就相对现实一些，也考虑不了那么多，这辈子能过上有车、有房、子女出息、父母健康、家庭和睦的小康生活就应该知足了，至于少数人追求更高的职位和人生价值的实现，那应该是精英们之所为。

澄合在40多年的发展中，从创业之始到跻身国家统配矿务局的行列，从沦为国家36个特困矿务局到下放陕西省政府管理，从几次改制重组到2002年以后的快速超常规发展，使澄合从一个最低年产只有90万吨的小局、老局发展成为产能近千万吨的现代化煤炭企业。其间，经受了国家宏观经济潮起潮落的洗礼，遭遇了效率低下、销售受阻的艰难困苦和挫折，多少代干部职工为此殚精竭虑、流血流汗，有的甚至献出了宝贵的生命。澄合是数以万计的干部职工经过栉风沐雨、顽强拼搏浇灌长大的参天大树。

特别在过去全国煤炭企业大发展的黄金十年，澄合人着眼长远，审时度势，加快发展的步伐，开发了东区的2对新矿井，兼并收购了3对地方企业和小煤窑，推动老矿井扩能改造，使企业产能达到了千万吨以上水平，揭开了矿区发展的新篇章。在那些年里，澄合人斗志昂扬、意气风发，收入高、干劲足，工作起来舍得卖力气，业余时间生活多姿多彩，走到街上，潇洒自信，引来了许多羡慕的目光。小轿车大踏步进入职工家庭，住在山沟沟的窑洞、棚户房的职工搬迁到了城区的单元楼，绝大多数职工真正过上了城里人的生活。与此同时，职工的安全生产环境得到极大改善，机械化程度显著提高，劳动强度大幅度降低，职工的休息休假权利也进一步规范化和制度化。

十八大之后，国家宏观经济发展进入新常态，转型升级和提质增效成为新一届政府推动经济发展的重要抓手。在这样的大环境下，澄合的煤炭销售再次遇到严峻困难，矿井处于难以满负荷生产的不正常阶段，职工的工资薪酬受到严重影响。澄合人应该怎么办？说正式点，我们要树立信心，以主人翁的态度爱矿爱岗，与企业同呼吸共命运，发挥个人的聪明才智，为企业的扭亏增盈发挥更大更积极的作用。说随意点，我们应该立足人生常态，看待企业的兴衰荣辱，在平凡中品味生活的魅力，在坎坷挫折中品尝生命的真谛。企业和人一样，在不同的历史阶段，总会有高潮，也会有低谷，我们不能因为暂时的挫折和困难就精神颓废，丧失信心，放弃理想和追求，更不能得过且过，逃避现实，蹉跎生命。

不管是潮涨潮落、月圆月缺，生命的线性走向都没有给我们留下可供选择的更多空间；不管是成功也罢，失败也罢，我们毕竟将在这个世界上走出属于自己的轨迹；不管是处在企业的快速发展期，抑或是企业的萧条困难期，这一历程都必将与我们的生命同行。

企业兴，这里是我们的家园；企业遇到困难，这里仍然是我们赖以生存的土壤。历史把我们播撒在这一方土地上，我们的人生必将与企业同频共振、荣辱与共，就让我们保持一颗平常心，适应生活的常态，正视企业遇到的新困难，不放弃，不气馁，积极工作，大胆创造，咀嚼拼搏中的酸甜苦辣，享受奋斗带来的快乐，不断让人生出彩，力争使个人画出的生命轨迹最大限度地熠熠生辉！

澄合人众志成城，未来也一定会更加美好！

2015 年 2 月 5 日

第三辑／乡土陈韵

华阴卫氏

　　卫氏是个国姓，它来自姬姓。据史料记载，周武王灭了商之后，就把商的旧地分封给了他的两个弟弟管叔和蔡叔及殷商末代君王武庚，让他们协作配合、互相监督，管理殷商旧民，治理那方土地，保持那一区域的稳定和长治久安。

　　周武王去世后，周成王即位，周公旦辅佐。殷地的两个姬姓兄弟和殷商末代君王武庚疑心周公旦篡权，并以此为由头起而反周。周公旦秉承王命，打败了管叔、蔡叔和武庚的叛乱。随后，周公旦把殷地重新分封给九弟康叔，支持他选贤任能，管理殷商留下的臣民。康叔在殷商旧地建立卫国，原址在今天的河南淇县，在长达838年的治理当中，先后迁都5次，传35君，朝歌（今河南省淇县）、楚丘（今河南省滑县东）、帝丘（今河南省濮阳县东南）、野王（今河南省沁阳县）都曾是卫国都城。直到秦统一六国之后，在秦二世当政时期卫国才被灭掉，它是周王朝分封的诸侯国中最后一个被吞并的国家。

　　在卫国的王公贵族丧失了国家之后，他们为了纪念故国，就以国号为姓开始在中原大地繁衍生息。这就是卫姓的最早起源。后来，随着朝代的更迭、历史的变迁、战争的威胁、瘟疫的肆虐等原因，卫姓后人才渐渐地流向神州不同的地域，并形成了许多比较有名望的分支。在秦汉时期，卫氏宗族曾经出现过若干望族，其中河东卫氏（山西临汾、运城等地）和陈留卫氏（河南开封等地）是比较有名的，在历代中出现过许多文臣武将和书画大师，其中数卫青名气最大。卫青是汉武帝刘彻的小舅子，他的出生地在今天的山西临汾。他曾经带领部队多次出塞征讨匈奴，为汉朝打败匈奴、开疆拓土和稳固边陲立下了汗马功劳。在民国政府时期，安徽合肥的卫立煌名气比较大，他曾经在抗战中与共产党进行过合作，并且在山西指挥过许多著名的战役，淮海战役失败后被国民政府兴师问罪，新中国成立后从香港回到新中国，并担任国防委员会副主席之职。华阴卫氏中有个叫卫定一的先辈，曾经与杨虎城、李虎臣一道抗击刘镇华的镇嵩军，坚守西安城（长安）8个多月，取得了胜利，写下可歌可泣的壮丽篇章。我们本家的卫泰若老先生，曾经担任过原华阴县民国政府参议员和原陕西省民国政府参议员，还担任过原陕西省立一中校长和同州师范校长等职。这些名人都是我们宗族、宗亲中的杰出代表。

我们的先祖居住在华阴县（今华阴市），是卫氏的一支。从目前老人口授言传所获得的资料看，最起码在华阴当地生活了300多年，最少应该有12代人。华阴的三河口和西岳庙镇一带曾经是先祖生息繁衍之地，岳庙东南的东城子村北曾经有先祖的陵墓，华阴县五方乡坡上村的卫氏族人和卫家城子的卫氏族人曾经在每年月尽（农历除夕）和清明节都要去这处墓地祭祖，这两处卫氏族人都认为东城子村北的卫氏墓地是其共同的祖坟。其间，二者还经常为谁是正宗嫡传暗暗较劲，这种现象一直延续到新中国成立前夕。卫氏族人在原三阳乡三阳村卫家城子大概繁衍了六代人，最初时只有四门人，四门的祖坟都在卫家城子附近，大多数在村西和村西北。

华阴这一支卫氏，相对比较集中，至于从哪里迁徙到这里，已经无从考证。但是，卫氏在黄河以东本身就是望族，山西的临汾、运城至今仍然居住着很多卫氏宗亲，陕西的韩城、澄城、朝邑等地也分布着不少卫氏宗亲。陕西华阴、山西运城、山西临汾、陕西韩城和朝邑都是黄河沿岸之地，华阴距离山西运城不过90公里左右，距离山西临汾和洪洞县大槐树不过230公里，距离韩城不过100公里，距离朝邑仅仅只有20公里左右。这样看来，华阴卫氏很有可能是从山西或者韩城这一带迁徙过去的，抑或是与韩城、澄城一带的卫氏一同从别的地方迁徙而来。因为从官方的记载中可知，当年从洪洞县确实向韩城、澄城移过民，很有可能沿河而居也是卫氏宗亲选择栖息之地的重要条件。

根据有关资料和上辈人的口授言传，华阴卫氏应该是明清时期从外地迁移而至。我推测有两种可能，一种是明朝洪武、永乐年间，朝廷曾经有组织地进行过多次大规模的移民，持续50余年，从山西大槐树迁移出了许多种姓氏的民众，广泛分布在河南、河北、山东等地，陕甘宁等地也有少数，卫氏先祖很有可能就是那时候迁移到此的，因为在华阴卫氏上辈人当中口头上本身就流传着从山西大槐树迁移而来的说法。在1990年进行的第四次人口普查中，仅山西洪洞县依然居住着卫氏宗亲9322人。另一种是明清时期朝廷曾经设置潼关卫，许多戍关的将士后来遵照朝廷的旨意就地定居，由军转民，卫氏先祖也有可能是那个时期落户华阴岳庙一带的。

从华阴县志上查阅，对卫氏宗亲的记载最早出现在明代。那时，华阴县的贡生中，有一位姓卫的前辈，叫卫志昂。在清代，出现过一个叫卫耀德的举人；还有两个贡生，分别是卫岫和卫澳清。至于这些姓卫的前辈是不是我们的先祖，在缺乏族谱、家谱佐证的情况下，实在很难下定论。但是，华阴县的卫氏基本上居住在坡上村和原卫家城子是可以肯定的。另外，在华阴县岳庙北边的油巷村，也生活着几十户卫姓宗亲。据他们的后代讲，这支卫姓宗亲与坡上村的同出一源。这样的话，可以肯定华阴3支卫氏宗亲来自共同的祖先。当然，也不排除在华阴县的其他地方仍然生活着普通的卫氏宗亲。

华阴卫氏的生息繁衍之地，最能联系上的地理标识是，蒲峪流出秦岭之后形成的白龙涧就曾经流过原卫家城子的村东头。据目前掌握的史料知晓，华阴卫氏的先祖最早应该安息在西岳庙东南一公里左右的东城子村北，20世纪60年代坟地被平掉。原卫家城子这支宗亲，居住地距离三河口不远，也就二三公里路程，尽管今天的三河口镇集市已经不复存在，但是三河口这个地理标识却没有多大变化。三河口、西岳庙和白龙涧是华阴卫氏宗亲生息繁衍的三处最为明显的地理标识，不管到什么时候，这些标识都会镌刻在卫氏子孙后代的心中。

华阴五方乡的坡上村、岳庙街道的油巷村和移民前原三阳乡三阳村卫家城子的卫氏宗亲拥有共同的祖先，这一点是毫无疑问的。在20世纪50年代末溢洪区移民迁移时，原卫家城子的卫氏子孙绝大部分流落两地，一个是原临潼县栎阳镇秦家村（今阎良区北屯街道办秦家村），一个是蒲城县贾曲乡南贾曲村。这是华阴卫氏的迁徙路线图。

作为卫氏的子孙，应该搞清楚自己从哪里来，深刻体味历代先祖为传承所付出的艰辛和不易，进而铭记历史，感恩先祖、承继先祖，以此激励自己及后代子孙向未来更远的目标不断去追求，使每个人的人生价值充分体现并得以升华。

2014 年 2 月 10 日

找寻祖籍地

　　壬午年二月十五日（2002年3月15日）那天，是个周六，本打算驾车去趟山西洪洞的大槐树下。明朝时搞移民，山西迁移出了300万之众，我们的先祖很有可能也是那个时候从那里迁徙出来的。

　　刚出门，却遇到点事情，可支配的时间只有一天，无奈只能改变行程，临时决定去三门峡水库华阴溢洪区，找寻祖辈当年生活和后来安息的地方。从老人的口授言传中得知，祖籍地地处白龙涧旁边，与原骆家城、沙河、大城子是一个行政村，人们习惯上叫它桑村。隐隐约约也听说，祖籍地就在白龙涧拐弯西边的地方，而大城子和沙河村都处在白龙涧的东边。移民迁移之后，大城子的村台一直保留着，祖籍地卫家城子村头的那口枯井好长时间还残留在旷野之中。

　　我曾经查阅了许多地图，找到了白龙涧的源头、流向和入渭口，了解到了一些情况。上次路过华阴的时候，我曾经在路旁询问过一位老人，找到了白龙涧的具体位置，至于怎样才能去到白龙涧下游西岸，却没有能够找到答案。这次寻访，我先在路旁找了一位家住附近村子的老人，向他打听了一些情况，然后按照他所指引的方向，从白龙涧东侧的一条比较宽阔的土路向北行。走到一片莲塘附近时，又遇到一位收工回家的老人，他骑着摩托车，带着孙女，我挥手向他示意，他停下摩托车，我进一步向他打听祖籍地的情况。他指着西北方向的几处标识物，给我指明了大概位置，并纠正了我的行车路线。

我按照老人指的路线，顺着白龙涧的西岸，小心翼翼地驾着车，这道河堤上平时行驶的大概只有农用四轮车，如果有两辆车相向而行，就避让不开。行驶了500多米，小路顺着河堤斜坡延伸到了河堤脚下，一直顺着河堤向西北方向蜿蜒，中途还要经过一个苗圃。因为小路上经常不行车，杂草荆棘枯枝横亘，加之道路两边有干枯的蒿草秆斜伸出来擦划车身，车子行几米就得停下来，下车清理了前方的枯枝败叶后，才能继续向前行驶。这样艰难地走了2公里左右，白龙涧转向正西方向，大约距离不到1公里的地方，有几个工人正在白龙涧南侧的麦田中浇水，前方的土路曾经被水漫过，较泥泞。我再次停下车子，步行到浇水的工人面前向他们进一步打听情况。因为不是本地人，他们也说不出个所以然，但明确告诉我顺着这条小路再向前，就会走到水泥路上。我有点不放心，就再向前步行了一段路，实地勘察了路况，然后才返回来驾着车子向水泥路方向驶去。

在小路的尽头，白龙涧向北拐了个弯，从南面修过来一条水泥小路，靠着白龙涧西边的河堤脚，一直向北延伸过去。这是一条当地驻军修的生产路，这片土地到目前为止仍然是解放军的农场，据说旁边还有450部队的渔场和靶场。白龙涧向北再有400米左右，就到了西南—东北走向的二华排水干渠。这是一条人工开挖夯筑的排水渠，大概是移民迁移之后，为了防止南山的洪水淹没良田而设计建造的，白龙涧在此也被截断，再没有继续向北延伸，老河床已经被平整后复耕成良田。

在排水干渠的河堤上，我遇到了一位姓吴的师傅，他40岁，过去当过兵，曾经在华阴的部队上服过役。复员以后，就从部队以每亩580元的价格承包了部队农场的土地，他对附近地块的肥力情况十分清楚，能够准确无误地指出曾经的村落遗址。有了他的指点，加上姑父作为一个华阴老移民的电话遥控指认，我很快就找到了先祖们生活过的村落遗址。在这片遗址处，直到现在还残留着大量的砖头石块和瓦砾，望着这些见证着先祖们生息繁衍和迁徙历史的瓦砾，我的思绪不由得被拉回到那个萧条破败、残垣断壁、难分难离、泪洒故土的场景中……

白龙涧最终流入了二华排水干渠，与白龙涧并行的是部队那条水泥生产路，通过二华排水干渠时架着一座混凝土桥梁，煞是坚固。这座桥的西北角是一片广袤的麦田，距离此处100多米，就是当年三阳乡三阳村卫家城子的遗址所在地。我们卫氏宗族就世代生活在这片土地上。爷爷、二奶奶和曾祖以上的四五代先辈已经永远地长眠在卫家城子遗址附近的土地上。在二华排水干渠与白龙涧围起来的一片空地上，就是当年大城子的遗址所在地。奶奶和母亲也先后出生在大城子，那里也安息着奶奶、母亲的诸位先祖。今天真幸运，也很激动，终于找到了先祖们生息繁衍的地方，也找到了自己永远的根，这里将成为我及后代永久的记忆。

望着这片绿油油的麦田，我无法在这片旷野上留下什么记号，并以此来怀念长眠于此的诸位先祖。我只能暗暗地期盼卫氏子孙也像这些麦苗一样，充满活力地繁衍生长，保持团结向上的进取精神，把这片祖籍地永远珍藏在心底，并在未来的人生道路上为先祖们继续增光添彩！

2014 年 10 月 10 日

白龙涧是母亲河

在秦岭北麓，有许多峪口，历史上号称秦岭"七十二峪"。秦中自古帝王都，关中道的繁华和人烟稠密也在情理之中。大概正因为如此，有关这些峪口，也留下了许多美丽的传说。我没有生在秦岭脚下，更没有机会亲自走过这些峪口，所以对这些峪口的认识就比较模糊。

因为白龙涧，我最先认识的峪口是蒲峪。从蒲峪中流出的山水，到了关中平原就是白龙涧。很早就听奶奶讲过，老家的村子东头有一条河，如果碰到下雨天，男人都会冒着雨往河岸上跑，他们要去护堤，保护村庄。雨下得越大，男人们的脚步就越急促。父亲从华阴迁移的时候只有17岁，华阴老家地处河床边的地理位置始终让他心有余悸，以至于在移民闹着返库时，父亲的态度则截然相反，不返库，不折腾，安心在安置地生活。按照他的说法，在安置地遇到下雨天最起码能睡上安稳觉。

我的籍贯在华阴，过去被划定为三门峡水库的溢洪区。老西潼公路和老陇海铁路以北的村庄都被整体迁移，西潼公路和陇海铁路向南移到了秦岭脚下，以至于线路比过去蜿蜒了许多。白龙涧从蒲峪中流出来，从东南向西北顺着华山北麓流了一段距离，在沙渠村南，折向北流去，大约1公里之后又西向而流，再过五六百米，又折回北面。老家的村落遗址就在这一段白龙涧的西边，老人们常说的村子东头的河流，指的正是白龙涧。

　　秦岭山面向北的这些峪口，遇到下暴雨，山水就会倾泻至河谷，并从各个峪口滚滚流出，奔腾而下。在华阴，比较有名的河流都是从南山峪口流出来的，像罗敷河、柳叶河、长涧河和白龙涧等，平时河床干涸，到了秋季洪涝季节，河水就会猛涨，如果河堤不结实，毁堤淹没庄稼和村庄是常有的事情。移民返库不久的1992年就发过一次大水，几乎淹没了所有移民村庄。那时候，我和单位的一个同事负责向灾区运送职工捐赠的救灾物资，目睹了库区被泡在洪水中的凄惨景象。类似这样的洪水泛滥，2003年也曾经遇到过一次，也是淹没了库区的所有村庄。返回祖籍地居住，夏秋季节就会受到洪涝灾害的威胁，有几家亲戚返库之后，已经几次受到洪水的侵袭，并造成了巨大的经济财产损失。现在，白龙涧已经成为季节性河流，平时渠沟底部只流淌着一股细流，干旱时节甚至断流，到了夏秋季节下大雨的时候，南山（秦岭）的水就会涌出峪口，顺着蜿蜒的河床流进二华排水干渠。白龙涧的河堤没有用水泥砌筑，全部是黄土夯筑，到底能不能满足抗洪排水的需要，初次踏上堤坝总让人感到不是很踏实。因为其他的像柳叶河、罗敷河和长涧河的河堤都用水泥板砌护，堤坝也比较宽，而白龙涧堤坝为什么没有被硬化和加固呢？是不是因为它的来水和危害程度比不上其他河流呢？

　　白龙涧是一条会带来灾难的河流，更是一条生命之河。祖辈生活的老村子的遗址就在白龙涧的东西两边，奶奶和母亲的娘家在白龙涧的东边，爷爷和父亲的祖宅在白龙涧西边，这样说来，我的根毫无疑问就在白龙涧边，这是一条养育过我的先祖的母亲河。尽管白龙涧总让先祖们的日子不那么平静安稳，但是，先祖们毕竟在白龙涧周围生息繁衍了六七代人。今天我能够找寻到白龙涧，找寻到先祖们生产生活过的村落遗址，无疑就是找到了生命之根。这个地方不仅自己要记住，而且要叮嘱子孙后代得记住，毕竟那是家族的根脉所在。

对于白龙涧，从不认识到认识，从生疏到熟悉，就是因为祖辈居住地的遗址在她的旁边，无形中让我由衷地感觉到白龙涧特别亲切。关于白龙涧的故事，我知道得还不多，今后我会更加关注她的过去、现在和未来，以及涉及她的哪怕一丁点的信息。对于蒲峪，从互联网上也看到过许多驴友贴出的照片，这些人都曾经深入蒲峪峪口逆流而上进行探访，那其实是一条非常幽静、非常清新的峡谷。既然是母亲河的发源地，今后我也要抽出时间对蒲峪进行实地考察，以便从情感上更加亲近她。

白龙涧在华阴大地上流淌了很久，不自觉地把自己与白龙涧紧紧地联系起来，才是不久之前的事情。自己的先祖们在白龙涧哺育下传承而来，作为他们的儿女，无疑也是这条河流哺育的子孙后代，只是此前没能主动地去认识她，没有去挖掘那些已经消失在历史尘埃中的有关她的故事。

白龙涧是母亲河！自此，我会更加深沉而久远地爱着她。

2014 年 3 月 19 日

家乡变了

我的家乡是关中一个比较闭塞的乡村。在那里，我度过了自己的童年。

我的家乡有二百五六十口人，600多亩地。农业合作社的时候，大人们干生产队的活，挣生产队的工分，分生产队的粮食。常常是一个壮劳力辛辛苦苦干一年，到年底还要给生产队退钱。

那时候，生产队有饲养室，有队部，还有保管室。这些地方常常是男人们逗笑取乐的地方。村里人平日最大的乐事莫过于公社电影队一月半旬来放场电影了，其他的文化活动几乎是空白。

后来，大队买了一台14英寸的黑白电视机。这样一来，大队部每天晚上总是人山人海。由于人多，管放电视的大队会计就不让我们这些上学的孩子去看电视，弄得我们在背地里可没少骂他。第二天上学，若要听说谁前天晚上溜进去看上了电视，大家总是啧啧地羡慕不已，似乎他是个英雄。

那时候，我们村子穷，值钱的东西不多，最气派的要数那两辆马车。拉粪用马车，收庄稼用马车，去北岸拉炭用马车，乡亲们娶媳妇嫁女也用马车……怎么说呢，反正没这马车，队上也就没猴耍了。因此，赶马车的事也就成了好差事，赶马车的人在社员心目中也就成了相当有分量的角色。于是，哪个车把式的鞭子甩得响，哪个车把式应该坐第一把交椅，便成为人们茶余饭后经常讨论的话题。

再后来，村里兴起了架子车，一家一户买不起，社员们就三四家搭伙买一辆架子车。架子车便捷的特点补充了马车的不足。每年冬天，两个妇女一个架子车给地里送粪，每天规定若干次，超了的奖工分，完不成任务的扣工分。一个冬天过去，饲养室门口攒了一年的牲口粪开春时就被送到将下种的田里。为此，像母亲那般年纪的妇女到老来都落下了一身的病。

20 年过去了，现在回到家乡，当年农村残留在我记忆中的踪迹已经找不到多少。房屋全部变成了新瓦房或小楼房，电话、电视、电冰箱、洗衣机、摩托车、四轮车等也实实在在进了农家院。各家各户的院子中水龙头一拧，自来水就哗哗地流了出来……村子里也极少能碰到闲人，儿时的一些伙伴如今都忙着出去挣钱了。

看着这些变化，不由得想起儿时大人教的顺口溜：电灯电话，楼上楼下。当时人们不正是描绘和向往着这种理想的生活吗？20 年后的今天，这些又算得了什么呢？

家乡的变化太大了！我坚信，随着党和国家的农村政策进一步落实，更加美好的生活正在向家乡人走近。我童年的许多记忆也将永远被打包珍藏在心中，也许会酿造成更香更醇而略带苦涩味的陈年老窖。

载 1998 年 12 月 17 日《澄合矿工报》

公厕的兴衰

　　村子里有一个公厕，是生产队那会儿刚学着做木匠活的红军叔领着四五个壮劳力干了七八天盖成的。

　　公厕的围墙是用胡基砌的，屋面是按照农村厦房的式样设计的，地面用青砖铺就。起初，这个公厕几乎成了村上的一道风景，因为附近的村子还没有这么洋活的公厕。

　　公厕建成以后，给村民和过往行人带来了很多方便。生产队那阵，村上专门有人把社员家里茅房的粪液往田里挑，并按担数记工分。公厕是集体的，也就省了记担数记工分的事。固定干这活的金鼎老汉每天把公厕打扫得干干净净，以至于有些男人和娃娃都顶着婆娘和大人的唠叨去公厕方便。实行联产承包责任制后，奚老汉承包了公厕，他家地多，日子过得紧，买化肥缺钱，就在公厕管理上很用心。按时拉土，按时清理便坑的粪便，按时修补围墙上的豁口，按时更换屋面的破瓦和地面变形的砖块，人们啥时候进去，公厕都是干干净净的。这样一来，奚老汉家秋麦两季总能往田里拉去比其他家多得多的粪，庄稼因而也长得比别人家好，收成自然也好。

　　年前，我回到乡里，又一次兴冲冲地去公厕，却生出无尽的懊丧。公厕地面污水粪便横流，屋顶破落，围墙被雨水冲刷出好几个豁口，有的地方已岌岌可危。便坑堵得严严实实，土混着粪便已溢出了坑沿。看着这一切，我恶心得直想呕吐，不禁为公厕破败到如此地步惋惜起来。

后来，才听人说，入冬后，承包公厕的奚老汉患上腿疾，再也无法下炕。他儿子买了个网在外捕捉麻雀，也无暇顾及这公厕，其他人家也没人愿意管这事。还听说，奚老汉的儿子每天捕捉麻雀能挣二十几块钱，补贴家用少不了这个钱。红火了20多年的公厕也就在这个冬天败落了。

自此，村里的男人和娃娃便很少去公厕了，过往的行人也不去了，公厕在不知不觉中就这样废弃了。

我纳闷，为什么金鼎老汉、奚老汉他们愿意管公厕，而奚老汉的儿子，还有别的村民却不愿意管这事呢？真的是因为管公厕再得不到更多好处了吗？金鼎老汉、奚老汉又在管公厕中得到过多少好处呢？

公厕的兴衰史让我思考了许多问题。公厕的变迁过程是否折射出了当今世风、人情和价值观等方面正在悄悄发生着的某些变化？

载 2002 年 6 月 13 日《澄合矿工报》

由认识先哲老乡所想到的

中华文明能繁衍五千年，这是生长在这块土地上的中华儿女们自强不息、顽强奋斗所创造的辉煌历史。我为之骄傲、为之自豪！

在历史的长河中，中华大地历经风雨剥蚀、岁月沧桑、朝代更迭，既不知道建立过多少皇朝和封建集权统治，也不知道粉墨登场过多少形形色色的角色，更不知道被历史吞噬过多少盛世和战事，淹没过多少英雄豪杰和倒行逆施的奸佞之人。但是，不管是哪朝哪代能留给后人的最耀眼之星，总是那些为了民族繁荣富强而前仆后继、引领时代潮流的人物。正因为有他们作为脊梁，中华民族才能够屹立于世界优秀民族之林几千年，他们在其中始终发挥着引领、示范的作用，我们的民族也逐渐积累起了一脉相承的优秀文化基因。

怀着对历史的敬仰，抱着对沧桑的膜拜，我翻阅经典，试图走进推动历史车轮滚滚向前的精英们的群体之中，不经意间也就认识了几位先哲老乡，比如：井勿幕、李元鼎、韩望尘、寇遐和仵墉等。我一直以为，家乡那个地方平常、闭塞、落后，是个并没有什么特别和不太起眼的小地方，也不曾出现过多么显赫的大人物，甚至连点土特产都没有。但是，在翻开了那些已经尘封的典籍，认识了这几位先哲老乡之后，我不由得对家乡生出一种敬畏之情。

这几位先哲老乡大多数把人生最宝贵的年华都奉献给了民国政府的事业，但在岁月的更迭、社会的进步中，他们继承了中华文化的优秀基因，为自己所处的那个时代奉献了聪明才智，奉献了正义和人格魅力，奉献了践行中华民族先进价值观的厚重人生。他们创造的精神财富始终是时代前行的指引，一以贯之地激励着我们后辈为国家的繁荣和富强而顽强拼搏，警示着我们矢志不渝地为生命的壮丽精彩而不懈奋斗。

这里单说仵墉这位先哲老乡。这位前辈生活在清末民国初年，他的原籍离我家只有二三公里路，两个村子连畔种地。这位先哲是清末的举人和进士，后来到当时的直隶省（河北省、河南省等地）做官。他在知县这一级岗位上干了28年，交流了11个县，直到抗战爆发，在日本强敌面前临危不惧，誓与危城共存亡。这种气壮山河的英雄气概打动了张学良将军，随后他被任命为察哈尔省民政厅厅长，后又因时局持续恶化，临危受命，被国民政府任命为察哈尔省代省长。他曾写信给家乡亲人，说自己决心效法汉朝马援"马革裹尸"，为国捐躯，誓不生还。卢沟桥事变后，察哈尔省沦陷，他携家人沦落到北京，决意不为伪满政权做事，即便是日本人抢占了他的住宅，生活窘迫到极点的时候，他也只是把全家的衣物典卖一空，每天喝两顿玉米粥糊口度日，决不屈服。为此，他的儿子忧愤而死，他却老泪纵横地告诫家人：饿死事小，失节事大，宁可全家饿死，决不受日伪一粟一缕！

仵墉在外面终究无法再生存下去，后来在兄弟的资助下，他又卖掉自己的寿枋，才凑够三张火车票（一说飞机票）的盘缠，带着"万民衣""万民伞"各一件，行箧简陋地回到家乡。

仵墉是穷困潦倒之后返回原籍的，与那些衣锦还乡的闻达显赫者比较，他是一个实实在在的落魄者。但是，他在河北、河南做官期间，为当地做了那么多事情，在老百姓中树起了良好的口碑。有一次，他在走夜路的时候，就有老百姓悄悄地跟在后面暗中保护他，在民国时期，能把官做到这个份上的又能有几个人呢？日本蓄谋进攻华北之后，他更是以铮铮铁骨男儿的胆识和气魄弘扬了中国传统优秀士大夫的不屈精神。面对侵略，他敢于挥臂率众奋起抵抗；面对威逼利诱，誓死不向日本人卑躬屈膝；面对饥饿和穷困，他把气节看得高于生命。

仵墉老先生去世后，被埋葬在家乡的那片土地上。他的坟墓与普通逝者的坟墓没有什么区别，只是在他的墓冢顶上长着几棵茁壮的酸枣树，格外引人注目。不管是春夏秋冬，还是风雨冰雪之中，那几棵酸枣树始终保持着傲然挺拔、刚直不阿的精气神！我暗想，这几株酸枣树的卓尔不群不正代表着仵墉老先生生前的铮铮风骨吗？

井勿幕、李元鼎、韩望尘和寇遐等这几位先哲老乡，也都是民国时期的社会贤达，早年都参加过孙中山先生领导的同盟会，后来又都追随杨虎城将军，他们的性格有许多地方都和仵墉老先生特别相近，这大概也是那一方水土养育的缘故吧！他们正直、正气、正派的品质和爱国、爱民、爱乡的情怀永远值得我们后辈学习和效仿！

2011 年 5 月 20 日

王鼎的风骨

王鼎是蒲城人，他因为尸谏道光皇帝而出名。王鼎的最高官职相当于现在的副总理，他做过清王朝的六个部中五个部的侍郎，也就是今天的副部长，在刑部干得最久，在全国各地办了40多起重要案件。他是道光皇帝的老师，是朝廷内主战派的代表，与穆彰阿所代表的投降派势不两立。

前天，一个偶然的机会，我来到了位于蒲城县达仁巷54号的王鼎纪念馆。王鼎纪念馆曾经是个旧宅子，也是王鼎的出生地，是比较标准的长方形庭院。前几年，由陕西省政协副主席、王鼎的第五代孙王菊人先生做主，把他们祖上的故居捐献给国家作为王鼎纪念馆。2005年前后，省财政厅拨出专款，修建了纪念馆的前厅和几个展室，听说上级以后还将陆续拨款进行续建修缮。

在这条巷子中，王鼎的后人还有不少，其中紧挨着纪念馆的还有三四个院子都是他的后代居住着。在王鼎纪念馆，听工作人员介绍了王鼎的生平。与此同时，还有几个老乡一起听取了工作人员就王鼎的事迹所做的生动讲解。这个讲解员刚好40岁，是延安大学历史系毕业的，她把王鼎的事迹讲解得很生动，超越了一般导游的照本宣科，而是融入个人的研究成果夹叙夹议地进行讲解，使我感到收获不小。有一个老乡与那个讲解员就讲解费的多少讨价还价，他爱人模样的女士劝道，人家讲得那么好，还谈什么价钱。就按照有关规定，给了30元讲解费。那个讲解员见我对王鼎这个历史人物很感兴趣，推辞了半天，才收了我的门票费。

听了她的讲解，感觉到王鼎是一个刚直不阿的人，是一个忠君爱国之人，是一个胸怀天下、有远大志向的伟丈夫。他为人耿直、坦率，有责任感，是中华民族的优秀儿女。他做的几件事情给我留下了深刻的印象：第一件事情是幼年时由于家贫，家里没有钱买灯油，没有钱买衣服，出门的时候常常是家里人轮流穿同一件衣服，但是他在如此困苦的环境中，常常一个人跑到城隍庙借大殿的灯光学习，以至于那里的道士都被小王鼎好学的精神所感动，主动送给他灯油以备读书时使用。第二件事情是，王鼎是道光皇帝的老师，有一次嘉庆路过皇子读书的地方，却碰上小皇子因未按时完成王鼎布置的学习任务正在被罚跪，嘉庆就有点不悦，竟对皇子讲，皇子学习不学习将来都是皇帝。王鼎作为皇子的老师，已经感觉到皇帝因为他处罚皇子的情绪变化。他不但不请求皇帝原谅，还对嘉庆帝讲，皇子现在好好读书，将来可以做尧舜；不好好读书，将来可能做桀纣。嘉庆皇帝听后，心里很不是滋味，再没有说什么，悻悻而去。可见王鼎是多么的铁面无私和恪尽职守。第三件事情是，道光皇帝因为林则徐禁烟而得罪了英国，准备发配林则徐到伊犁。王鼎正言直谏，请道光皇帝派林则徐协助他去治理黄河。完工后，道光皇帝仍然坚持要发配林则徐，王鼎就当着朝臣的面据理力争，劝谏道光不要发配林则徐，要大胆任用林则徐，让其禁烟。道光不但不听，反而大怒，并拂袖而去。王鼎劝谏不成，决心以死抗争，便在回到圆明园的当晚，写下了一幅劝谏条幅"条约不可轻许，恶例不可轻开，穆不可用，林不可弃也"，并揣在怀中，于自家厅堂上自缢而去。

　　这就是铁骨铮铮的王鼎，这就是宁折不弯的王鼎，这就是很有蒲城人性格特点的王鼎。他的大义凛然，他的刚直不阿，他的忧国爱民，他的主战阻和，他的光明磊落，他的仗义执言，在历史上绝对是少有的。他是文人，但是他不柔弱，他不阿谀奉承，他不避嫌讳诬，他的英名一定会永远载入中华民族的史册。无独有偶，在王鼎去世后快一百年的时候，蒲城人杨虎城又一次做了件大事情，他是以西安兵谏蒋介石抗战载入史册的。他与张学良将军一起劝谏蒋介石停止内战、一致抗日，改组南京政府，在反复劝谏未果的情况下，于1936年12月12日断然发动了震惊中外的"西安事变"，迫使蒋介石接受六项协议，促成国共第二次合作，中华大地抗日民族统一战线全面形成，中国共产党获得发展壮大的绝好机会。这时，离王鼎去世已经94年。这也是蒲城人做的事情，不过杨虎城是个军人，是行伍出身。蒲城的水土可能是硬了点，不管是文臣还是武将，做的都是震惊中外的大事情。我被王鼎和杨虎城的胆识和品格所折服，也为蒲城人感到骄傲和自豪。在达仁巷这条古老的巷子中，今后还会演绎出怎样令人震惊和载入史册的传奇，就把如椽之笔留给未来吧。

2008 年 10 月 5 日

老槐树

在农村，常见树种里有两种槐树，一种是洋槐树，一种是老槐树。孩童的时候，我喜爱洋槐树，而不喜爱老槐树。洋槐树开的花洁白馥郁，香气飘得很远很远。顺手摘上一串，填进嘴里就能吃，甜滋滋的。大人常常忙里偷闲，带上工具，从树枝上钩下来一串串槐花，洗干净后，和些面粉蒸麦饭吃，在粮食紧缺的年代，洋槐花麦饭确实是非常好的饭食。老槐树也开花，它的花蕾可以入中药，但开的花不如洋槐花那么香醇甘甜，所以，也不像洋槐花那样让我喜爱。

打我记事起，家里院子里就生长着一棵老槐树。那棵老槐树不是很大，与村上那些很粗很壮的老槐树相比，它简直就是树娃娃。与我家相隔几家的村邻，门前有两棵老槐树，那两棵树很粗，枝叶很茂盛，生产队的生铁挂铃就悬在其中的一棵树上。上工的时候，队长牵着绳子敲响铃铛，两遍、三遍之后，社员们就会来到大槐树下等待队长派活。有时候，生产队开会，也会安排在大槐树下，村民们三个一伙两个一堆，就地圪蹴着，或者脱只鞋子坐着，特别在炎热的夏天，大槐树遮出的阴凉常常令社员们流连忘返，有时候领了活半天也不肯离去。尽管家里的那棵老槐树是树娃娃，但是，它与村上最大的那两棵槐树爷爷却同在一片蓝天下生长着。现在，也记不清楚村上那两棵老槐树被挖掉多久了，可我们家那棵老槐树娃娃却还在茁壮地生长着。

　　后来，由于院子的改变和家庭的分割，我们家那棵老槐树娃娃也在庭院中被移栽了3次。它能长到今天，也算见证了我们家几代人的生活变迁。我记得这棵树的时候，也就七八岁的样子。后来，父亲和叔父分了家，弟兄俩每人半个院子，这棵树分给了我家，父亲就把它移栽到了我家这边。过了几年之后，叔父重新盖了新院子，他就从老院子中搬走了。我家又为了照顾西面邻居家，把东面邻居家空出的宅基地置换给他们，为此又把宅基向东移了一半，这样一来，父亲又把那棵老槐树向东移栽了一次。老槐树现在的位置，就是父亲第三次移栽以后的位置。经过几十年的生长，爷爷、父亲都相继去世了，可这棵老槐树却越来越茂盛。有时候，看到这棵老槐树，睹树思人，我会更加思念那些逝去的亲人。所以，总觉得这棵老槐树非常亲切。即便是现在老家的院子再没有住人，但是，有老槐树的守护，我依然觉得老家是那么亲切。

　　这几年，陕西各地都在搞大树进城工程，纷纷把农村的大树买下来，再移栽到城里。城里倒是越来越绿了，农村的大树却越来越少。其实这是破坏生态环境的面子工程和政绩工程，也是一种急功近利的做法。有什么办法呢，省城给各县市下指标收树，各县市也给各乡镇下指标收树，基层不按照上级的指示办也不行。老槐树是各地大树进城的一个树种，我家门前那棵老槐树就有人来问过价，起初的时候，他们出450元钱，我听说之后，就反复叮咛母亲，不管出多少钱都不能卖，因为这棵老槐树蕴含的东西太多。它见证了我们家几代人的奋斗历史，伴我们度过了不知多少春夏秋冬，我对它的的确确有了感情。再则，看到它，我就能回忆起童年的美好生活，就能涌出对爷爷和父亲的思念之情。所以，我们没有丁点理由卖掉它。

　　渭蒲高速公路建成通车时，听说连接蒲城县城的一段匝道要搞绿化，有人又通过熟人找到母亲，三说两劝，母亲心动了，也没有和我商量就以800元的价格把这棵树卖掉了。当我知道这个消息之后，母亲已经收了人家的定金。我见到母亲，心中真是窝着一团火！当时，由于控制不住情绪，就对母亲大加埋怨。后来，母亲劝我说，已经卖了，就别再生气了。至此我还能再说什么，只是在心底暗暗为老槐树伤感。前几天，是父亲去世三周年忌日，我回了趟老家。刚进村口，远远就看见老槐树仍挺拔地屹立在我家大门外，我一下就乐了，原来买主还没有顾上挖树。我连忙找人打听，与买主联系，托人协调，最终取消了那桩说好的买卖。我把定金退给了人家，树也保住了，心中感到异常高兴，终于没有让别人把这棵心爱的老槐树挖走。

　　老槐树仍然生长在老家的大门口，它还将继续见证家乡的变迁和发展。特别在农村老槐树越来越少的情况下，我家这棵见证岁月变迁的老槐树一定会成为全村的宝贝疙瘩。我爱这棵老槐树，现在的这种爱和孩提时的爱已经有了很大不同，这种爱只会越来越深沉、越来越浑厚！

2010 年 12 月 28 日

老门房

农村老家有一座老门房，前几天还在国外的时候，弟弟就发来信息说，那座孤零零的门房终究没能经受住最近连阴雨的侵袭，悄然倒塌了。

这座老门房存在的时间比我还长，在我出生的时候，它就屹立于老家前院门口。我家老一代是20世纪50年代末从华阴迁移过来的移民，当时为了修建三门峡水库，国家把规划在溢洪区的居民分期分批迁移到了宁夏和渭北其他县市。起初，只是按照规定，给每家每户盖了若干间厦房，至于院墙和门房都是爷爷、父亲他们自己动手修筑起来的，所以，盖前院门房的椽子也不怎么好，但总算能起到遮风避雨的作用。

老家的院子比较长，前门离二道门约有15米距离，半边是通向正房的路，另外半边相对低洼，栽种着一些常见树木，有椿树、桐树、苦楝树等。老门房可以使大门免受风吹雨淋，平时还能搁放一些农具和零七碎八的杂物。我记忆最深的是，老门房的梁上架着一辆独轮木车，就像是新中国前老百姓支前用过的那种车。门房内的墙壁上用白灰刷过，上面用红油漆写着"毛主席万寿无疆"等字样。

起初，老门房是瓦房。有一年，父亲和叔父分家，要重新盖个灶房，因为家里穷，爷爷就让把门房上面的瓦片揭掉，然后用在了新盖的灶房上。真是揭了门房补灶房，可想而知那时候的日子是多么艰难！门房上面没有了瓦片，稍微下点雨，就漏个不停，房下面也没有立脚处。过了不久，爷爷从场院里拉来麦草，找了个匠人，重新给门房上面覆上麦草，这样我就第一次看到了茅草房的样子。自此以后，这座门房便成了我们村子唯一一间使用着的茅草房。

茅草房终究不如瓦房好，一遇到刮风下雨，院子中就会飘落一些屋顶的麦草，门房下也会滴漏雨水。也记不清这样凑合了几年，大概是农村实行了联产承包责任制后的一年，家里的经济条件稍微好了点，父亲就买来瓦片，重新给门房覆盖上。当时，我那稚嫩的心灵也轻松多了，最起码此后再不用担心刮风下雨门房顶会被掀掉。

因为我家的院子是村上统一规划的移民房，相对宽敞，而左右邻居家的院子都比较窄，我家的院子有10米宽，左右邻居的院宽只有不到6米。我10多岁的时候，东边邻居重新向生产队申请了一处新宅基，就把原来那个窄院子腾了出来。趁着这个时机，西边邻居在办理了有关手续之后，就恳求父亲，让我家把房屋向东边邻居空出来的宅基上移一下，然后从我家的院子中给他们分出等量宽的宅基。这时也适逢我家准备翻修房子，父亲为了成人之美，也就同意了。可是，在宅基整个向东移了之后，前门房却不能再继续使用了。父亲就用胡基填充了门洞，并从门房的房檐下垒起一道墙，同时在对着我家这边的东墙上重新开了个小门，然后把老门房作为给牲口存放草料的草房，也算是废物利用，一直使用了好多年。

后来，弟弟把院子往里缩了五六米，重新盖了新门房，安了新大门，这座老门房就孤独地立在院子外面，但还继续承担着存放牲口草料的职责。再后来，农业机械使用得多了，农民家里也不再饲养牲口，门房作为草料房的用途就失去了意义。由于这座门房立在院门外边也不碍什么事情，也就没有打算拆除它，何况这期间爷爷、父亲先后辞世，看到这座在爷爷、父亲手里盖起来的门房,似乎就感觉到爷爷、父亲还健在人世,所以,也就更不忍心拆除它。

　　这座老门房因为阴雨倒掉了,一个时代也随之结束了。老门房这么多年所经历的风风雨雨,也折射着我家的翻身发展史。岁月沧桑,历史不再,让老门房永远留存在我的心中吧!由老门房引出的故事将会成为我心中永远的怀念,因为关于老门房的记忆中始终镌刻着爷爷和父亲的影子。

2011 年 10 月 12 日

卤阳湖

卤阳湖是个古老的湖泊，由于气候和人类生产生活的影响，也不知道在什么时候湖水大面积干涸，那里变成了一片方圆几十公里的滩涂之地。我出生在那片滩涂之地的北侧边缘地带，在那里度过了童年、少年时代。在我幼年的记忆之中，那是一片不毛之地，相对于其他地方显得闭塞落后一些。

对于这片不毛之地，家乡人叫它卤泊滩。那里最能给我留下深刻记忆的便是夏季时低矮的芦苇丛生，低洼之处会积着一汪汪浅水，一些蝌蚪、小鱼悠闲地在水中游弋；冬季时节，地表积水消失，芦苇干枯，生命力极强的水草变黄，人烟稀少的土地上会罩上一层白茫茫的盐碱，像刚下过小雪。后来，国家改良土壤，治理盐碱地，缓解地下水对房基的侵蚀，曾经在这片滩涂地中开挖了纵横交错、贯通南北的排碱沟，用来渗排地表浅层的盐碱水，以达到排碱、泄洪和改良土壤的目的。

这片滩涂盐碱地，种庄稼，不好好生长；盖房子，地基容易被地下水浸泡，所以，居住的人口比较稀少，显得比较空旷。其中，最引人注目的是某飞行器研究机构在这里建立的试飞基地，基地长期停放着一两架旧式飞机，孩提时的我们把它唤作"老母鸡"。因为每年春秋季节，那架"老母鸡"经常载着不知道什么身份的人在机场训练跳伞，站在我们村小学的南门外就能依稀看见跳伞的盛况。过去，飞机本来就很稀罕，农村的孩子能够看到飞机更是件稀罕事，更何况我们还能亲眼看见跳伞的壮观景象，那感觉就更不一样了。那时候，在学校课间休息时，小伙伴们会一窝蜂地跑出校门，运气好的话，就会看到各种颜色的降落伞一串串地从飞机尾部飘落下来，我们就欢快地奔走相告："飞机下蛋了！"

滩涂地中还值得一提的就是那条铁路，人们叫它西韩铁路。这条铁路是20世纪70年代初期设计修建的，曾经使用了大量民工，是西安至侯马铁路的重要组成部分。西韩铁路自西向东从那块滩涂地中穿过，路基垫得很厚，几乎高出地面两米左右。专家大概在设计这条铁路的时候，就考虑到要尽可能少占用良田，以至于让这条铁路穿过了这片比较荒芜的菱形滩涂地。这条铁路正式运营至今已经40多年，不知道有多少铁龙呼啸着穿越了这片土地，也不知道有多少南来北往的人们稍纵即逝地从这里经过，更不知道有多少物资由此走向了全国各地。这趟线路终归承担起了西北连接华北的重要职责，业已成为能够弹奏出铿锵旋律的最强时代音符。

据有关资料介绍，卤阳湖似乎消失在春秋以前，或明朝末年，两种说法相差2500多年。我想，大概这片湖泊的退缩是个循序渐进的过程，必定经历了漫长的阶段。但不管怎样，家乡在很早的时候曾经存在着一个广袤的湖泊却是客观事实。否则的话，清康熙年间编撰的《蒲城县续志》中怎么会涉及唐代形成的"贾曲八景"呢？我感到南楼秋月、冰畦日雾等景观，都与卤阳湖有关系。可以想象，那时候这里水天一色，碧波荡漾，芦草丰美，鱼肥鸭壮，渡船如梭，活生生一幅天然的江南水乡画。要不然，唐王朝怎么会把那么多皇帝的陵寝选择在湖泊北面靠山的地方呢？

卤阳湖在沉睡了几百年、上千年之后，有识之士敏锐地意识到了这块"宝地"在西部大开发过程中的重要价值。开发卤阳湖、建设现代产业开发区的规划逐步被摆上重要议事日程，这里将在2020年前后建成集航空制造业为主的机械加工、绿色生态农产品加工和旅游休闲于一体的特色现代化产业园区。卤阳湖将重新展现在世人面前，天骄湖、天卤湖、天子湖三大片区将扮靓这块神秘而静寂的土地，昔日的荒滩废涂将在我们这代人手中焕发新颜。毫无疑问，卤阳湖将成为陕西的一张非常醒目和富有诗情画意的时尚名片，卤阳湖也将见证这个时代的高速运行和所创造的丰功伟绩！

　　我爱卤阳湖，爱那始终让人魂牵梦萦的家乡！更感恩这个能让卤阳湖重现娇容的伟大时代！

2011 年 8 月 30 日

秋游龙首坝

龙首坝是洛河下游的一个拦水坝，是由民国年间著名的水利专家李仪祉先生主持修建的。龙首坝地处澄城县西南方向十五六公里处，这里属于交道镇状头村。

国庆节这天，我们一家人决定骑自行车去游览龙首坝。渭北高原阳光明媚，天空白云舒展，身上微风轻拂，我们吃过早点，骑着两辆自行车就出发了。龙首坝距离县城有十五六公里路，需要耗费很大的体力，加之我已经好久没有骑自行车走这么远的路程，因此早饭就选择了当地有名的水盆羊肉泡馍。

顺着202省道，我们一路南下。路上疾驰而过的大多数车辆是货运车和客运车，摩托车和电动车也夹杂在其间，穿梭如流。骑自行车的人着实太少了，孩子带着妻走在前边，我骑车紧随其后。由于向南一路都是慢下坡，起初也不觉得累，微风拂在脸上，似乎还觉得格外轻松和惬意。只是，在与逆行的车辆相会时，大车卷起的一股股侧风总使人心头掠过一丝丝紧张。无意间，发现从后面赶上来一个骑自行车的秃顶男子，他主动与我拉话，方知道，他家在20公里开外的农村，他在县城工作，正准备回家过节。从交谈中知晓，长期以来，他回家都是骑自行车往返，特别是去单位的时候，一直都是慢上坡，但他一般都不下车。我不觉佩服起这位男子来，他的年龄比我大，却那么能吃苦，还充满朝气和活力，我真是自惭形秽。此时此刻，他似乎已经感染和影响了我。我原本对自己能不能骑这么远的路程还犯着嘀咕，与他交谈之后，仿佛浑身注入了动力。是呀！做任何事情都要有信心、有毅力，不能被困难所吓倒。这么想着，不觉脚下蹬得更起劲了，眨眼工夫就超过了孩子和他妈。

离开大道，与那位男子道了别，我们踏上了乡镇级柏油公路。道路两旁都是秋的景色，有一片连着一片的棉花，有挂满果实的苹果园，有点缀其间的一棵棵柿树，白色、橘红色、金黄色和墨绿色交织在一起，煞是好看！地里田头到处都忙碌着农人，有的在采摘果子，有的在采摘棉花，有的在收获苞谷，大路上来来往往的车辆不是拉棉花，就是拉苞谷，看着车水马龙的景象，让人无法不陶醉在秋天收获的喜悦之中。这个时候，我的腿却越来越沉重，像灌了铅似的。停下车，向来往的农人打问了一下，才知道离目的地还有二三公里路，就停下车喝了点水，休息片刻，重新踏上了路途。有一段路是水泥铺就的，很平整，两旁的水沟中都栽种着大叶女贞。我们一看坡很陡、很长，就下了车，一路推着，走了10多分钟，才到坡底。又过了一个村子，再骑了两公里路，我们终于看到谷底的一潭浑水、两座亭子和一座大桥了。儿子高兴地喊："龙首坝到了！"

要说龙首坝，还得先啰唆几句洛河。洛河（北洛河）发源于陕西省西北部的定边县白于山郝庄梁，流经吴起、志丹、甘泉、富县、洛川、黄陵、白水、澄城等县，在大荔县东南汇入渭河，总长680公里。洛河是地地道道的陕西河，它发源于陕北，流入渭河，全流域都在陕西境内，呈"Z"形，中游贯穿延安市中部。它上、中游流经黄土高原的水土流失地区，河水含沙量较大。在下游平原地区，有洛惠渠灌溉工程，龙首坝正是洛惠渠的源头。

龙首坝的名气很大，有人称之为"小壶口"。名气大的主要原因，一是因为它的历史底蕴，二是因为它独特的造型设计，三是因为它附近所形成的壮观景色。龙首坝横阻洛河，洛河是蒲城和澄城的界河，西岸是蒲城，东岸是澄城，一条钢筋水泥架设的大桥把两岸连接在一起，人们站在大桥上可以看到龙首坝的全貌。龙首坝东岸景区开发了一些旅游娱乐项目，有高空飞渡、凌崖天梯、水上飞艇和农家饭庄等景点和休憩之地。

龙首坝把洛河截断，从河西岸自然分流，在蒲城永丰曲里附近修建渡槽使河水横渡大浴河峡谷，再穿越铁镰山隧洞，从大荔汉村义井西头的山体中流出，并在此向南、向东分流，进入大荔县的广大灌区。20世纪70年代初，洛西倒虹工程建成，洛河水又被引入西岸，灌溉面积进一步延伸到蒲城县境内。洛惠渠的设计灌溉面积是40万亩，最多时的1980年曾经灌溉78万亩。洛惠渠工程以灌溉管理、引洪淤灌、盐碱地改良等方面的业绩闻名国内外。

如今，洛惠渠依然在发挥着引水灌溉的作用，洛河沿岸的大荔和蒲城等县从中受益匪浅，这一利民工程为国家和社会所创造的财富难以估量。洛惠渠的关键工程龙首坝、曲里渡槽、铁镰山隧洞和洛西倒虹等已经存在40至70年，它们栉风沐雨，静静地见证着时代的变迁，并被人们参观游览，未来还将在社会的发展进步中继续发挥应有的作用。

美中不足的是，由于洛河上游沿岸的阻截，洛河的来水比过去减少了许多，即便是夏季涨水季节，洛惠渠的来水也非常有限，致使这项工程的作用难以充分发挥出来，这是洛惠渠灌区在新形势下遇到的新问题。

当我们离开龙首坝时，已经非常疲惫。尽管这样，这一次出游却让儿子放松了身心，了解到了洛惠渠的相关知识，亲身感受了龙首坝的风采，算得上一次有意义的秋游。信手撰文，姑且记之。

2008 年 10 月 2 日

漫泉秋月

现在的漫泉河，名字还在，河道却已干涸。大概漫泉河是一个美好的记忆吧，或者这个名字中本来就传承着这方土地厚重的历史文化积淀，到现在还在不同的地方作为标志性的字眼使用着。

漫泉河是一条古河道，在唐朝时就存在，"蒲城八景"中就包括"漫泉秋月"。这里有座唐朝修筑的石桥见证着这条河流曾经的历史。明清的诗作中有吟咏"蒲城八景"的作品，漫泉河自然在其中。前不久，当地出土了一方石碑，记录的是清光绪年间蒲城知县张荣升带领当地人清理漫泉河泉眼，科学调度河水浇灌附近禾苇的事情，距今也一百多年了。另据当地一些老年人回忆，"大跃进"时期，漫泉河中还有一股溪水潺潺向南流去，河中还能捉到小鱼小蟹之类。20世纪70年代使用机井抽水灌溉以后，地下水位下降，漫泉河就渐渐干涸了。

漫泉河在丰山和金帜山之南，唐睿宗李旦和唐宪宗李纯陵寝的地宫分别修建在这两座山的山腰上。大概因为漫泉河的存在给这方土地带来了灵气，唐皇陵也才会将墓址选在这个地方。据史料记载，很早的时候，蒲城县城西七八公里的董家村东，有一泉眼，涌出泉水，形成一口半亩见方的池塘，池塘水满溢出后就顺着地势向南而去，至马家堡这一段又汇入无数小泉所涌的水，然后一路向南欢快地流向贾曲村南，滋润那里的苇田，这就是漫泉河。

漫泉秋月作为蒲城八景之一，肯定有能打动人的风采。尽管我们这代人已经无法领略这一美景，但是历史能够记忆住它的往昔足以说明其价值。可以想象，从泉涌之处向南，一路慢坡，河流顺着低洼处，欢快自如地流淌，河两岸的土地及时得到浇灌，庄稼的收成也非常喜人。特别是，当地有栽种芦苇的习惯，大概与能使用漫泉河的水浇灌有直接关系吧。芦苇喜水，没水的地方别指望它能长壮实。芦苇用途十分广泛，普通人家许多生活器皿都是用芦苇篾子编织成的，像炕席、蒸馍隔垫和储粮囤等，把无法分割成篾子的芦苇用麻绳一根根并排串结起来，用作盖瓦房架椽子的铺垫材料是非常耐用的，人老几辈子都不会枯朽。

过去，在电还没有普及时，人们照明用的是清油灯。试想，那样的夜晚是怎样的夜晚啊！肯定是漆黑无比，伸手不见五指——经常听一些上了年纪的老人讲，现在的夜晚不如过去的夜晚那么寂静、那么黑暗——可是，在仲秋的夜晚，明月当空高悬，银辉洒满四野，一条河水潺潺而流，河岸两边杨柳婆娑，附近荷塘中传来一阵阵的蛙鼓蛐鸣虫叫之声，漫步野外小径上，置身一个比平日亮堂的夜晚，欣赏着月色，听着水流声，这是何等美妙的一幅乡村秋夜图啊！沐浴在这么美的景色中，景不醉人人自醉啊！据说，当年杜甫从长安到蒲城探望妻儿，路过漫泉河休息时便创作了那首著名的《自京赴奉先县咏怀五百字》的诗篇，"朱门酒肉臭，路有冻死骨"就是诗中流芳百世的千古名句，大概也是感慨这样的美景与饥寒交迫的百姓生活的反差实在太大了吧。

漫泉河之所以能够这样令人流连忘返，另外一个原因是这里曾经驻扎过一支英雄的部队。漫泉河谷两岸曾经是这支部队的营房、训练场和俱乐部，人们称这支部队为"漫泉河部队"。这支部队的官兵在漫泉河两岸驻扎了几年，把青春年华奉献给了这片土地，以后能不对这里留下难以忘怀的记忆吗？何况这支英雄的部队在20世纪80年代中期还参加过麻栗坡对越自卫反击战，并取得了骄人的战绩。以后这支部队的官兵不管走到哪里，漫泉河的名字始终会萦绕在他们的心田，许多事例已经证明了这一点。

　　漫泉河那敦实的古石桥、蜿蜒的古河道，那记录着当年人水共融繁荣景象的出土石碑，那碧波荡漾、随风起舞的苇花、柳絮，无不提醒我们，大自然赐予我们的美景和资源是十分宝贵和稀缺的，失去之后，就无可挽回，就会成为伤痛。我们一定要着眼未来，珍视现在，爱国家，爱家乡，爱大自然赐予我们的每一寸土地和胜景，用勤劳的双手，千方百计把我们的家园建设得更加美好！

2011 年 11 月 25 日刊登于《渭南晚报》

小狗哈哈

　　哈哈是一条狗的名，家里人都这样叫，我也就跟着叫了。

　　母亲和弟弟他们住在农村老家的时候，家里养了条狗，主要是为了看家护院。那条狗养了许多年，不知不觉已经显出老态。一个偶然的机会，弟弟从朋友处重新抱回来一条狮子狗，家里就同时养着两条狗，侄女便把那条小狮子狗唤作哈哈，并且投入了很大精力去喂养它，给它买奶粉，按时梳妆，定期洗澡，小狗就一天一天长大了。

　　哈哈在农村老家被养了两年多。我经常不在家，但是，逢年过节回去，哈哈总是像亲人似的迎接我，从来不曾对我高叫过一声。起初，我满以为是因为哈哈岁数小，还不懂得为主人履行看家护院的职责。后来渐渐发现，哈哈是认识我的，对来家里的其他陌生人它甚至会冲上去动嘴咬。我感慨地说，这条小狗真通人性，它大概知道我是家里的主人。所以，我打心底里佩服起哈哈来，真聪明！

　　弟弟他们要把家搬出去，老家的院子也没有人再居住，在万般无奈的情况下，决定把哈哈送给舅舅家。就在弟弟他们将要离开老家的前几天，哈哈总是躲在没人的地方，不吃不喝，看样子很伤心。舅舅把哈哈接过去之后，怕它跑掉，就用绳子拴了一天，第二天它就认识了新家，再哪里也不去了。过了不久，我们回了一趟老家，顺路先去了舅舅家。哈哈看到我们就像见了亲人似的，围着母亲、侄女和我前后左右地蹦跳，真有点"人来疯"的感觉。那次，我们从舅舅家领着哈哈一同回了趟老家。

不久，听别人说，舅舅把哈哈送人了。舅舅家本来就养着一条狗，哈哈去了之后，家里就有了两条狗，舅舅比较要好的一个朋友见到哈哈，就向舅舅讨要。尽管舅舅舍不得，但还是碍于情面把哈哈送给了那个朋友。我听到这件事之后，心中还不由得滋生了些许抱怨，也不知道舅舅的这个朋友能不能把哈哈喂养好。在老家时，侄女可是隔三岔五要给哈哈洗澡的，哈哈也和我们建立起了比较深厚的感情。不是城里住房小的话，我一定会把哈哈带出来。

日子过得很快，不知不觉哈哈与我们分开已经快一年了，偶尔我也会想起哈哈，但是从来没有再提过有关哈哈的话题，毕竟舅舅已经把它送给了别人。这次，表弟办喜事，我们一家都回去贺喜。一进舅舅家门，哈哈也不知道从哪里就蹿了出来，围着我忽左忽右、忽前忽后，蹦跳嬉闹，真像见了久别重逢的亲人。我非常感动，这么久了，哈哈还记得我们，还与我们这么亲近，看来狗确实是通人性的，难怪许多养宠物的人会和宠物之间建立起深厚的感情。过去，我对那些养宠物的人持有偏见，这回通过与我们家哈哈相遇相识相分离的经历，我真被这条通人性的小狗折服了，它们有时候要比某些人更讲情义得多！

临走时，也不知道什么时候，哈哈又出现在我的视线里。我给它招了招手，它就箭一般地扑了过来，我抚摸了一下它的头，抚摸了一遍它全身，它站在车门前一个劲地摆动尾巴。围观的人不知道谁说了句，是不是哈哈也要上车跟着走？但哈哈终究还是被留下了，车子慢慢启动后，哈哈又蹿到了车子的前方，跳动着，摇着尾巴，我再一次被哈哈感动了，它和我们多亲啊！

以后回去，还有个任务，就是要去探望哈哈，看看它生活得怎样，过得好不好。哈哈已经成了我的一个牵挂，谁让它那么有情有义呢！我也暗暗地祝福哈哈健康活泼，好好活着。

2011 年 5 月 2 日

烧炕

我是在北方农村长大的，土炕陪伴我度过了童年以及少年时代。

过去，农村的房子基本都是土木结构的厦房，房子中盘的都是土炕，主要材料是胡基和泥基，也使用少量的砖块。胡基是人工加工的砌筑墙壁的较规则的黄土砌块。它是把黄土填在专用模具中用石夯夯打而成的，长40多厘米，宽30多厘米，厚六七厘米。过去农村盖房子，墙体基本上都是用胡基垒砌而成。泥基是为了盘土炕专门用麦草末和着泥巴制成的砌块，一般长60厘米，宽40厘米，薄厚也是六七厘米。它是把黄土和麦草碎末混合，加水和成黏稠状的泥巴，经过反复踩踏，使泥巴变得筋道，然后放进木模具中塑型，去掉模具后晾晒干即可。简单说，泥基就是铺就土炕炕板的组件。匠人盘炕时，用胡基做支腿，把泥基一个连着一个架在胡基上做炕板，除了下方的支腿，其他地方都是架空的，侧面留着炕门洞。

烧炕的时候，把柴火从炕门洞中塞进去，使其在里面燃烧，土炕就会慢慢变热。过去，农村人冬季取暖主要靠烧热炕，能生起炉子的家庭只是极少数。所以，冬季的农村，天黑前烧炕是丝毫马虎不得的事情，否则的话，漫漫长夜就会成为难眠之夜。热炕的特点是睡下之后，身子下面暖和，而被窝外面却冷飕飕的。一般情况下，人钻进被窝，手脚就不愿意再伸出来。

　　我上小学和初中的时候，平时回到家，除了割猪草、帮大人干农活和家务，冬季的黄昏就经常帮助大人烧炕。冬季农村的傍晚，烧炕是雷打不动的活儿，奶奶、妹妹、弟弟和我谁有空都会承担这个差事。每天下午五六点的时候，家家户户都要烧炕，柴火燃烧释放的烟雾就会把整个村子笼罩，空气中总会弥漫着呛人的气味。

　　因为冬季要烧炕取暖，所以，农人在秋季就要把庄稼的秸秆拉回家，把麦衣、玉米芯、棉花壳等拾掇起来，晒干，储存好，以备冬季烧炕取暖用。用于烧炕的柴火主要有玉米秆、麦草和棉花秆，炆炕主要用的是柴火的碎末，爱睡热炕的农人烧完炕之后总喜欢再加上几把柴火碎末炆炕，以保证后半夜炕还热着。倘若遇到下雪天，储存的柴火上就会被罩上厚厚的积雪，勤快的人家就会及时收拾一些柴火放到屋内，以保证烧炕所需的柴火不被融化的雪水浸湿。倘若不提前拾掇点柴火，待柴火被雪水浸湿后，烧炕时，柴火就不容易燃烧，而且还会闷出许多黑烟，常常会呛得人睁不开眼、喘不出气，弄不好一个夜晚炕都热不了。

　　那时候，由于大人们要干田里的农活，散工都会在天黑之后，所以大多数情况下，烧炕的活都是由孩子们来承担。我每次烧炕，基本上要同时烧三个到四个，包括叔父、叔母的炕我都烧过许多次。邻居家有一个爷爷，腿脚不太灵便，喜欢睡热炕。他烧炕时，总是跪在炕洞口前，一撮一撮地把柴火往炕洞中塞填，平时甚至把儿子儿媳妇的炕都同时烧了。他的同龄人就调侃老人，笑话他当媳妇孝子，老人自嘲地答复，之所以要这样做是为了放点账，等将来动弹不了的时候，还等着儿媳妇伺候呢！话里语外透露出些许无奈和苦涩。在农村，晚辈给长辈烧炕是天经地义的，而长辈反过来给晚辈烧炕，特别是给儿媳妇烧炕，在传统观念较重的农村就显得有点不太合情理。

据我观察，邻家爷爷之所以这样委屈自己，是因为他清楚，他的儿子老实、本分、木讷，儿子能娶个媳妇就得帮他守着，所以他们老两口总是千方百计地讨好儿媳妇，即便是儿媳妇比照常理把事情做得过分些，他们也能忍气吞声，不与她计较。他们不愿意惹儿媳妇生气，担心会把儿子夹在中间为难，更担心滋生矛盾之后，会对儿子的婚姻造成伤害。那时，我们村子打光棍的男子多达十几个，有的甚至一家弟兄几个都讨不到媳妇。娶回媳妇倘若再不花心思守着，那不是自寻烦恼吗？

最近几年，农民把房子基本上都翻修了一遍，土木结构的房子全部变成了砖混结构的楼板房。年轻人也像城里人一样，卧室不再盘炕，而改买席梦思床了。有些年龄大的人冬季睡惯了热炕，仍坚持在房子盘炕，不过现在盘炕使用的材料变成了楼板、砖和水泥沙子，再不用过去的胡基和泥基了，而且炕墙、炕沿上都贴着瓷砖。奶奶去世前，也从原来老房子的土炕上搬到了新房子的水泥楼板炕上，总算睡了一阵子具有现代气息的楼板热炕，奶奶感到非常幸福和满足。

土炕是一种记忆，冬季黄昏农村烧炕的烟雾缭绕也成了家乡的味道。现在，家乡尽管保留下来的土炕越来越少，但是它荡漾在我心田中的滋味却历久弥香。土炕，是一个时代的符号，也是一种昔日生活的写照，更是一抹浓浓的乡愁！

2014 年 5 月 6 日

乡愁

我是在农村出生的，随后在农村度过了童年和少年阶段。

农村曾经让我煎熬过，让我痛苦过，让我讨厌过。农村的日子苦，农村的灰尘大，农村的条件差，农民的收入低，我也像成千上万的农村孩子那样，曾经把"跳出农门"作为这辈子高于一切的梦想。

家乡那个地方的地下水是高氟水，人畜的生活用水无奈只能是它。饮用高氟水，最明显的特征是，从小孩起牙齿就发黄，有的甚至牙龈出血，我曾经就患过这种疾病。中老年之后，不是腰痛，就是腿疼，大多数人走路都是一瘸一拐的。看着别的地方的同龄人那雪白的牙齿，中老年之后腰板依然那么硬朗、腿脚依然那么麻利，我曾经深深地抱怨，我的家乡怎么会是这样，自己怎么会出生在自然条件如此差的地方。

家乡处在关中道卤阳湖的北侧，那里大概也是当年卤阳湖的湖底范围。家乡的黄土中，埋藏着大量大大小小的蜗牛壳。蜗牛喜欢阴暗潮湿的生活环境，寻觅腐烂植物为食。我推测，大概是由于地壳的运动，卤阳湖湖水渐渐退去，湖底暴露，以至于生长了大量植物，给蜗牛创造了适宜的生存环境，才使这一带繁衍生长了那么多蜗牛。蜗牛死去后，尸体腐烂，壳就永远地留在了深厚的黄土层之中。

20世纪80年代，国家投入资金，解决高氟区居民的饮水问题，家乡才从洛河岸边引来自来水，使人畜的饮用水实现了根本性变化，从此才停用了祖祖辈辈不知饮用了多少代的高氟水。其实，从表面看，家乡的高氟水，清澈透明，无色无味，冬季从井口会冒出热气，夏季清冽甘甜，特别是在口渴难耐时，舀上一瓢凉水一股脑儿灌进肚子，真是既解馋止渴，又解乏降温。但是，这里的地下水中含有大量氟化合物，它对人体的健康非常不利，长期饮用会造成氟中毒。

家乡的土地属于垆土地，经常利用地下水浇灌，土壤板结得比较厉害。引黄工程把黄河水送到家乡以后，浇灌庄稼大多使用黄河水，机井水基本成了辅助水源，这样一来，家乡的土壤也被改良了许多。过去，那些土地除了种庄稼，也再不适合其他经济作物的生长。最近几年，经过黄河水的反复浇灌，土壤比过去酥松了许多，品质也发生了很大改变。外地的客商纷纷来到家乡承包土地，栽种西瓜和大棚菜等经济作物，这种事情在以前是根本不可想象的。

家乡发生了变化，我对家乡的眷念也越来越深。但说句公道话，我并不是因为家乡饮用了自来水，土壤被黄河水改良了，所以才感到家乡可爱了、亲切了。其实，从灵魂深处讲，对家乡的情感是与生俱来的，毕竟那里是生我养我的土地，我的童年是在那里无忧无虑地度过的，那里长眠着我祖辈三代亲人。作为一个农民的儿子，自然对土地就有着一种无以言状的亲切感，不管什么时候，只要踏上家乡的土地，我都会满怀激情和兴奋。那是一种从血液中、从心底涌出的对家乡那块土地的依恋和挚爱之情。

有空回到家乡，我总喜欢一个人去田野走一走、转一转，看着家乡的一草一木，总是感到无比亲切，对它们也充满深厚情意。再回想一下当初离开家乡时所滋生的不良情绪，年少轻狂的缺点就显露无遗。在城市生活了20多年之后，现在回过头再比较，最适合恬淡生活的还是家乡，最让人流连忘返的更是家乡！

我爱家乡，更爱家乡的土地！城市的水泥钢筋楼房、卫生洁净的环境固然胜过农村，但是，能从心底撩拨起我爱恋之情的却始终是家乡的那一方土地。我天生是农民的儿子，近30年的城市生活不仅没有把自己改造成为一个城里人，反倒使自己对家乡更加依恋、更加眷念，归根结底，是因为那一方土地始终释放着无尽的魅力，那里已经成为自己这辈子永远魂牵梦萦的地方！

2014 年 6 月 17 日

第四辑／世事心悟

留意三十

小时候，听大人们说某某已三十岁了，心中便油然生出一种难以言表的感觉，似乎这时候大人才真成大人了，这时的大人才最值得信赖了，这时的大人才有能力办世界上最难办的事了，禁不住对三十岁肃然起敬。但是，三十岁终究还是离自己很遥远，自己也从来没有顾上留意它。

一眨眼，儿时的感觉便随我走过了几十年。多年来，自己对待生活从来都是随心所欲，不粉饰，不雕琢，想说就说，想笑就笑，好像从来就没个稳重气。平日里，多的是热情，少的是理智；多的是新鲜，少的是醇厚；多的是浪漫，少的是凝重；多的是轻捷，少的是拙讷；多的是明朗，少的是沉郁……一切都无所顾忌、无所束缚，常常是苦闷和彷徨不时袭扰，满足和得意也时常在脸上洋溢。

不知从何时起，我有了要约束自己的想法，比如：干事情再不能一味地由着性子了，痛苦与欢乐别老写在脸上了，说话不能总那么随便了，考虑问题不能一味地钻牛角尖了，心情不好时不能随便在别人身上发泄了，等等。再就是，过去从不介意的事情现在也经常在脑海中萦绕：父母的身体怎样，吃的药还有没有？家里今年遭了风灾，夏粮够不够吃？孩子最近写字不认真，写字时作业本斜得厉害，怎么帮他改正？今天上班哪件事又没处理好，使别人很尴尬，要吸取教训；那个同志最近上班总迟到，得找个机会给他提个醒；明天的会上要安排的几件事情，到底如何操作才能取得较好的效果；等等。诚然，作为芸芸众生中的一员，谁也摆脱不了吃、喝、拉、撒、睡和爱、恨、悲、喜、愁等琐碎具体的事情和情绪，如果一味地要超越现实，实现忘我，那又用什么来堆积起人生的大厦呢，轰轰烈烈的事情又能有多少呢？不会在琐碎和平凡中品尝生活的佳酿，那才是人生的最大悲哀呢。

纵使自己真有上九天揽月、下五洋捉鳖的本领，个人在无垠的宇宙空间也只不过——甚至够不上——一粒尘埃。耐心地清洗换下的每件脏衣服，认认真真地解决挡在面前的每一件难事，实实在在地过好每一个日子，这才是人生唯一的选择。

倏忽间，方记起自己早在两年前已过了三十岁，自己分明已不应再是那个毛手毛脚的小伙子了。呜呼，这个晚记起的三十岁！

载 1998 年《澄合矿工报》

盼望有钱

钱是好东西，有钱比没钱好，我盼望有钱。

生在没钱的家，长在没钱的家，等自己成家立业，也没有筑起个有钱的窝。总在没钱的环境中打发日子，说是习惯了，其实是麻木了，因为天天都在为活着而奔波，为钱而发愁。

幼时，家中缺钱，父母总想把手中的每一分钱都掰成两半来支应事，吃就凑合着填饱肚子，穿就图个遮体御寒，至于日用品那是有一阵没一阵。给学校交学费不能讲价钱，父母总是趁早从牙缝里挤。每开一回学，父母可能就得为此盘算上十天半个月。平时谁有个头疼脑热，总是一拖再拖，很少去看大夫。

家中房子小，四代十几口人挤在一个院子里，要做饭，要搁置农具，收了庄稼天阴下雨只有堆放在露天地里。雨下得久了，刚收回的庄稼悄然间就长出了小芽。姊妹几个上学碰到雨天，每人穿一双大人退下来不合脚的旧胶鞋，披上一块儿化肥袋裁开的塑料布，有时甚至就光着脚，深一脚浅一脚地穿梭在泥里水里。几天下来，脚上的老茧泡得发了白，脚背上脚心间隆起了一道又一道的褶皱。即使这样，也舍不得买双雨鞋或雨靴。至于上高中、上大学那是要花大钱的呀！这样一个缺钱的家又怎能支撑得起呢！姊妹们很懂事，都按照各自的想法为这个穷家分着忧，该停学的停了学，能学手艺的外出学了手艺。没钱花愁煞了人，没钱花使很有悟性的弟妹窝在了农村，没钱花使这个家始终徘徊在与穷困、饥饿进行搏斗的锋刃上，根本顾不上发展和提高生存质量的大计，这个家不得不稀里糊涂地在一个低水平上颠簸着。

我工作后，挣了工资；妻也上着班，挣着工资，也便有了个名副其实的工薪族小家。那些年，工资都很低，每月四五十元，吃饭穿衣之后所剩无几，更别说资助父母那个家，总是疲于应付，只能先让自己这个小家按部就班地扎根、巩固和发展。办婚事时，买不起家具，买不起礼服，只凑合着有个够两人容身的窝。生了儿子，自己没能力管，刚过10个月就把他送回了父母那个家，毕竟农村抚养孩子的成本要低一些。我们有时几个月也回不去一次，实在想孩子了，妻子就拿着孩子的照片不停地看、不停地流泪。本来农村家里的事就多，自己又背个挣钱的名，说到底又是长子长孙，给老人看病呀添衣呀，给弟妹娶媳妇找婆家之类的事，总得适当地资助，使本来就拮据的经济紧上添紧。一句话，两人那点工资，即便是这几年工资涨了，节俭地应付个日常生活、负担个孩子上学，也仅仅只是维持住生计后稍有节余。若挑起管那个大家的担子或者想办件买房子之类的大事，那实在是太难为人了。

所以，我总认为钱是好东西，你看有钱人进了商场，吃的、穿的、用的、玩的，要啥有啥，想买啥买啥；你看有钱人，逢山开路、遇水搭桥，啥事办不成？有钱真好，真想尝一尝有钱的滋味！

谁都清楚，这多年来的有钱人多是些做生意、走穴明星之类的"腕"。一般国家干部，靠工资富起来的并不多，要么是贪官污吏，要么是采取了不正当手段干了非法勾当，也有许多漏了底，被撤了职判了刑坐了牢甚至被枪毙的。看到这一切，又觉得咱吃的是公家饭，这是咱的命，否则想要多挣钱，就去想别的办法；若要干国家的事，乱七八糟的事压根儿就别做，弄不好连简单地活着都保证不了。选择了这种活法，也就是认了这没钱的命。盼有钱是盼的事，命里没钱那是谁也改变不了的。

前些日子，看电视剧《天下粮仓》，剧中小梳子调侃米河的几句话对我启发很深："命里要受穷，走近黄金就变铜；命里生来富，拾着草纸就变布；命里无官做，戴着官帽就变秃。"这不就是在教人要大度地看待钱、看待机遇吗？

我盼望有钱，但我更遵守人生的生存规则，生了个没钱的命，那就甘心认了吧！

载 2002 年《澄合矿工报》

珍惜人生

一个人来到世上，是偶然中的一种必然，也是一种幸运。

对于一个人来讲，能来到世上，偶然因素起着决定作用。为什么父母偏偏是特定的这一对，而不是另外的两个人呢？他们中的任何一方都可以找另外的人做自己的人生伴侣，他们同样也可以繁衍出另外的新生命。如果父母的结合在时空上稍微有哪怕一丁点改变，那么，这个世界会不会有我们的到来就很难说了。

所以说，一个人来到人世本身就是一种幸运。既然这样，我们又有什么理由不珍惜这来之不易的人生呢？

人来到世间，就要品尝人生的酸甜苦辣，就要经历人间的冷暖祸福，就要体味情感的喜怒哀乐，就要步入生老病死的圈子。人生路上，有的人始终处于顺境，有的人不断遇到挫折；有的人尝遍人间所有的欢乐，有的人祸不单行与痛苦结缘；有的人处于社会的潮头浪尖，有的人默默无闻昙花一现；有的人春风得意，有的人消极悲观；有的人集功、名、利、禄于一身，有的人疲于奔命苟且偷生。以至于活得如意者感慨地说："人生多美啊！"活得艰难凄惨者则痛心地说："生不如死啊！"

虽然人的个体在社会中有不同的境遇，但是，大众化、世俗化的人生观并不能反映人生的真正价值。人的能力有大小，只要能够正确地对待自己，找到一条适合自己的道路，人人都会有一个成功的人生。试想，一个人来到世界上是多么不容易！没有干出名堂有什么可悲伤的？没有在追求功、名、利、禄的时候取得成功有什么可沮丧的？人能来到世界上，仅此就比拥有任何身外之物更为重要了！

是啊，春、夏、秋、冬多美好啊！没有人生，哪里有机会去感受阳光经受风雨呢？生活多么有意思啊！没有人生，哪里有机会去享受喜悦承受痛苦呢？外面的世界多精彩啊！没有人生，哪里有机会置身这万花筒般的世界呢？珍惜人生吧！不管是成功还是失败，不管是令人羡慕还是遭受冷眼，不管是得到世俗的肯定还是否定，属于每个人的人生只有一次。

认真地对待每一天，只要我们把聪明才智奉献给社会，无论是干大事还是小事，无论是成功还是失败，我们都无愧人生、无愧生命。

珍惜人生的历程吧，别太在意结果。

载 1998 年 7 月 9 日《澄合矿工报》

学会生活

活到了这么个岁数，回过头来再说要学会生活，乍听起来真让人觉着难以理解。你说不会生活，那这么多年是怎么过来的？

产生这个想法是有原因的。前一阵子，与一位老兄到西安共同写了个材料，朝夕相处了一周。这位老兄是个仔细人，也是个很有水平和层次的人。我俩在一起讨论材料、明晰思路，一起睡觉、吃饭、散步，一起闲聊对生活和人生的感悟，使我生出了许多感触，得到了许多启发。特别是有件事给我留下了很深的印象。

有一天，这位老兄对我说，出来了这么长时间，应该给夫人买件衣服带回去。同时邀我一起去，并怂恿我也给爱人买一件。我倒是乐意陪他出去，至于给爱人买衣服嘛，我当时没有这方面的考虑。说实在的，我不会给爱人买衣服。我们顺着东大街朝着钟楼方向边走边看，一直到了开元商城。这位老兄不动声色地在女性服饰柜组浏览了一圈，然后回身从琳琅满目的服装中选了3件。这时，我的眼睛不由得一亮。真是的，这一身夏季套装和一件短袖上衣眨眼间便从数不清的服装中脱颖而出，真有一种超凡脱俗的感觉。我不由得赞叹起这位老兄来，眼力真好！后来他告诉我，他夫人的衣服一直是他给买，夫人的身高、胸围、腰围和肩宽他都了然于胸。每每买件衣服，往往都能得到夫人单位姐妹们的夸奖，他夫人也常常因此而感到自豪。老兄在讲述这些事的时候，也是按捺不住激动和兴奋的神情。此时，我不由自主地羡慕起来，这位老兄生活得真有情趣！他真会从细微处品味生活！

我这个人比较认真，也很呆板。长期以来，对于生活没有过多的奢望，只是由着感觉不断地把每一个日头从东背到西，使自己实实在在地活过每一天。我总觉得，人活着就要不停地劳作，活着就要干有意义的事，活着就要努力地去实现人生价值。工作似乎是自己人生的一切。平时工作顺利了，也便开心了；工作不顺利了，也便心灰意冷了。至于对日常生活，既没有学会观察，也从来没有过多留意，更没有学会从周围的人和事中寻找生活的乐趣。这位老兄的做法无形中已促使我对生活和人生进行更深入的思考：人活着到底是为了什么呢？这是一个基本的世界观和人生观的问题。从上初中那天开始，《青少年修养》就告诉我们，人生要奉献，要付出，要为社会进步发挥应有的作用。无疑，这是对的，可能这就是我基本生存态度形成的理论依据。是的，人生的意义不在你索取了多少，也不在你占有了多少，更不能说人生就是吃、喝、玩、乐。

在新的世纪里，人生到底应该怎样度过呢？就像革命战争年代那样，过着苦行僧式的生活，用身体和心力的超负荷付出去换取一个个目标的实现。我想，这样的活法不仅现在的人不赞同，如果当年的那些革命者活着肯定也不会赞同。他们革命是为了什么呢？不就是为了让他们的后辈过上幸福体面的生活吗？不就是让他们的后辈获得更多的自由吗？不就是让他们的后辈更多地享受生命的乐趣吗？社会发展到今天，物质财富已经比较丰富，文明程度也比过去任何时候都高。我们有理由和条件以更广的视角来思考人生和审视生活。人生的真谛在于奉献，更在于体味生命的意义。

生命是由一秒钟、一分钟、一小时、一天、一月、一年积累起来的，生命的岁月中，工作、学习、生活是主要篇章。每一天、每一事又是那样平凡和琐碎，无非都是吃饭、穿衣、工作、学习、交友、娱乐的具体事，哪有那么多轰轰烈烈？哪有那么多耀眼的光环？哪有那么多辉煌？如果只有在荣耀中才能感受到生活的乐趣和生命的意义，那人的一生中获得精神上的愉悦不是太有限了吗？那绝大多数平凡的人不是就很少有机会去感受生活的喜悦了吗？

生活的美和乐趣就在我们身边，要靠我们用心去发现、去感受、去获得，不要总认为只有工作上的成绩、事业上的进步才是收获，才值得骄傲。早晨起床，外面的鸟鸣声、汽笛声和远方的号子声是最美的交响乐；中午，街上的车水马龙、人流的穿梭和商贩的殷勤推销让人感受到了生命的活力；晚上，霓虹灯的闪耀、夜市的火爆和休闲人群的说学逗唱映衬出了世界的精彩。买了件可心的衣服值得高兴，做了顿可口的饭菜本就是收获，帮朋友办了件有意义的事就是成功；看天上云彩的自如，听河中鸭子的高歌，送孩子每天按时上学，与家人一起漫步在田间地头、林荫道上。如此等等，哪一样不是美，哪一件不值得留恋回味？生活的乐趣就在其中啊！

生活是一道很不简单的课题，需要我们用心、用爱、用智慧去学习。

载 2004 年 6 月 6 日《陕煤工会动态》

人生遐想

　　人要珍惜活着。对生活有一定的理解是一种活，对生活不去思考也是一种活；懵懵懂懂地活是一生，理智清醒地活也是一生；与时俱进地活是一生，恪守传统地活也是一生；精神充实地活是一生，惆怅忧郁地活还是一生。就一生！

　　可能人生并没有那么复杂，是人的内心世界太丰富，想问题想得太多太复杂，对自己的要求太高太苛刻，活得太累太认真的缘故吧！有的人人生比较顺畅，没有经历过太多的冷酷，没有遭遇过太多的白眼，没有品尝过过多的苦涩，所以总是用友善的态度对待周围，尽管也想用自己的认知去影响别人，但效果不一定好。在自己参加工作后的20年当中，一直比较平顺，总是遇到好人，也一直保持着单纯善良的本色。不顺心了，就学着把事情的结果往好处想，把个人的欲望降到最低，保持平和的心态，这样也能促使自己匆忙浮躁的心变得沉稳些。

　　谁都有不如意的时候，每个人都要学会在逆境中处事，这是生存的智慧。有些逆境并不是自己造成的，倘若降临到自己头上，就一定要咬着牙把委屈往肚里咽，以平和的心态去面对。有时候，逆境更能锻炼人，更能激发出人的潜能，凭借着个人能力，把工作做好，不要有过高的奢望，也许能活得更轻松些。度量放大，身段放低，容天下难容之事。逆境只是此一时彼一时的问题，只是一个人一个时期一个阶段遇到的问题。天气总有艳阳高照的时候！

人生实际上是个过程，每个人都要学会珍惜和感受这宝贵的过程。许多事情都不要太刻意，要刻意就必须有策略地去做。许多人做事情倾向于追求结果，而不是过程，所以活得很累。种了庄稼就想有收获，这是每个农人的最低要求，并无可厚非。但如果庄稼遭了冰雹、受了灾，今年没有收获了，我们总不至于去跳楼吧？我们仍然要活着，还要考虑明年的庄稼应该怎么种、怎么管、怎么收。所以，我们能做的就是不要把人生的幸福和快乐都寄托在庄稼收获的那一天，而要学会在播种、间苗、除草、施肥、浇水和灭虫的过程中去品味活着，去品味生活，去品味乐趣，那样的话，我们的人生就会更加有滋有味，那样的生活才是最为珍贵的！生活就是那么琐碎和平常，只要努力去坚持、去感受，每个人的人生都会有模有样。所以，人要学会在平凡中品尝生活赐予的美味琼浆。

当然，人都有浮躁的时候，不知自己想干啥，提不起精神，看别人那么轻松，却什么也没少，自己何必活得那么辛苦呢？这个时候就说明人的情绪处于了低潮，就应该及时调整心态，注意克服不良情绪的恣意蔓延。追求完美的人现在看来是傻，社会生活是芸芸众生的世界，不独属于志趣高洁的人。高洁的人毕竟只是人群中的一部分，他们追求完美的方法如果出现偏差，往往会掉入作茧自缚的陷阱，还会遭人嫉妒。

谁的一生都不是一帆风顺的，让我们认清客观事实，遵循规律，珍惜现在，为未来而不懈努力吧！

2005 年 9 月 8 日

花样人生

关于速度，既有蜗牛爬行那般缓慢的速度，也有运载火箭那般极快的速度；既可以用毫米、微米来计算，也可以用光年等天文单位来计算。关于时间，可以用纪来表示地质年代，用生物进化的程度来表示生物年代。一个纪一个代就是几十万年，甚至上亿年，地球存在的年代就是一个十分久远而漫长的时间历程。时间也可以用秒来计算，一分钟就有60秒，一个小时就有3600秒，一天就有86400秒，一个月（30天）就有2592000秒。这是多么冗长的一组数字，你能说这一分、一刻、一时、一天、一月就少吗？

花儿盛开每年只有一次，而且盛开的时间都比较短暂，一次也就那么几天几十天；人的生命比较漫长，一辈子起码可以有几十回甚至近百回观赏花开花落的机会，即使这一年看不上，来年还可以再看，除非走到了生命的尽头。如果把人的生命放在宇宙这个大的时空中，也是很短暂的。地球可以存在若干万年，甚至亿万年，每一代人，每一茬人，每一个人，在地球漫长的运行岁月中不也就是昙花一现吗？不也就是眨眼间的事情吗？不也就与那一年一度的花开花落十分相似吗？生命在宇宙这个时空中是不会有第二次的，在其凋谢之际也可能就有其他的新生命绽放了。这样的轮回不正与花开花落是一个道理吗？

过去，看电视剧《红楼梦》中"黛玉葬花"的一幕，林黛玉的多愁善感煞是让人觉着好笑。但现在，如果把人的生命也比作一年一度盛开在大地母亲怀抱中的花儿的话，那么生命逝去之时不正是花儿败落之日吗？自然界有一年一度的花儿凋谢时，人类社会也有一茬一代人的逝去时，每个人更有生命之花枯萎的那一刻。如果抛开时间概念，把二者都放在一定的视野和时空中来看待，生命逝去不就如同花儿凋谢一样吗？

黛玉葬花其实是在悲悯生命的逝去，其实是在为生命吟唱最后的挽歌，其实是在为逝去的一切美丽而镌刻最永久的碑文。花儿就是人的生命，花儿就是生命的活力，花儿就是生命的最绚丽绽放。花儿盛开时，人们都为之欣喜和愉悦；花儿凋谢时，人们也会为之失落和伤感。一个人诞生时，人们会为一个新生命的降临而欢喜和激动；一个人逝去时，人们也会为生命的陨落而悲伤和痛苦。花开花落其实与人的生死去留并没有本质区别，只不过一个周期短点，一个周期长点而已。想到这一点，我也就不再为黛玉葬花而感到好笑了，也不再为她的多愁善感而无动于衷了。实际上，黛玉对生命的理解是多么直观和深刻，她对花儿与生命的相通之处感悟得是那么精准和恰到好处。阴柔至极其实恰恰就是阳刚最深刻的表现。我为黛玉葬花而感动，更为生命如花而欢欣。所以，珍惜生命就要珍惜花开花落的每一个季节，就要为花儿的绽放而欢呼，也要为花儿的凋谢做最灵动的诠释！

花儿是很美丽的，生命也是很美丽的。花儿有开有谢，生命也会有生有死。一切都是大自然和上苍的设计和安排，谁也无法改变这一点。我们唯有千方百计地去感悟花儿的美，品尝孕育花儿美的那个过程；我们唯有千方百计地去让生命之花绽放得更美丽一些，努力把心思投入到孕育那个美丽过程的点滴之中，这辈子才一定会过得很充实，过得有价值！

2008 年 2 月 25 日

感悟得失

　　人生是一道有千万种解法，也有千万种答案的方程式。小时候没有学会解方程，只是由着童稚打发着无忧无虑的日子；上学后，慢慢学会了解方程，得出的答案却很确定；成人了，把解方程与人生联系起来，答案就充满了许多变数。其实，人生就是一个不断求解生命本质意义的解答过程。

　　一个人从啼哭着来到人间开始，就走上了一条找寻自我、求解人生真谛的不归之路。经过披荆斩棘、长途跋涉，直至有一天化作一缕青烟飘向远方，这个过程就宣告结束。人在有限的生涯中，不懈地奋斗，不断地追求，不停地获得，总希望拥有世间更多的财富，或者地位，或者荣誉，或者权势，或者富足，或者知识，或者健康，或者自由，诸如此类。如此这般消耗着，不知不觉便把生命之舟驶向了彼岸。古人这样，今人这样，将来的人还会这样。

　　从表面上看，这样度过一生天经地义。但再往深处想一想，这样其实是让生命承载了不该承载的重负，是让"为了得到"和"为了某些欲望的满足"裹挟了人生旅程。人生是个盛衰顺逆不断转化的动态过程，是个自生至死得失喜忧相伴的过程。简单点说，人在得到的同时也总在失去，只不过得到是自觉的，失去是不自觉的；得到是一种希冀，失去却是一种无意。就拿我自己来说吧，小时候，生活在农村，总盼望着通过努力告别贫穷，在上学跳出农门之后，却失去了农村那种自然、恬淡的田园生活；参加工作后当老师，四周的围墙挡住了伸向社会的触角，就渴望着走出去寻找更广阔的人生舞台，一旦走出去也便失去了校园的雅静氛围和单纯的人际关系；干工作就希望得到更大范围的认可，职务上的晋升是最直观最约定俗成的衡量标准，但在为此努力的时候，也便失去了洒脱无欲的心境；没房子的时候希望有房子，有房子后却失去了在艰苦环境中磨炼意志品质的机会；少知己的时候希望多交友，朋友多了之后却被许多凡俗的应酬所羁绊；没有希望的时候祈求希望降临，有了希望之后却失去了感受煎熬锤炼的难得经历。

人生历程就是这样，得与失总是时时相伴，在得到的时候必定伴随着失去。得与失的相生相克就连接起了不平坦的人生。但是，我们不能因为得失相伴就放弃了奋斗、努力和进取。人在一辈子当中，必须对自己、对家庭、对周围及未来有个相对客观的判断和认识。自己需要什么，不需要什么；这个阶段需要什么，不需要什么；今天需要什么，不需要什么……只有搞清楚这些，才能做到有的放矢、游刃有余，才会潇洒自如、不钻牛角，才可以指点江山、决战千里于一隅。天时、地利、人和是成事的根本，大事小事都是这样。如果这几个因素没有同时具备，愿望就无法得到满足。这个时候，就必须及时调整思路，千万不能以主观强求客观的改变。至于说，采取非正当的手段，靠投机钻营去实现某一目标就更不可取。因为没有原则和超限度做事往往会失去人格，失去尊严和诚信。运势决定生命的高度和厚度，谋事在人，成事在天，只要客观上努力了，其他的就不能太苛求。更何况，我们在千方百计渴望拥有什么的时候，同时也会失去什么。我们不能在为得到而付出努力时，却把原本最珍贵的东西丢失掉。

人生非常宝贵，因为人生只有单程车票，许多事情在等着我们去做。人生无所谓成败，最应该把握好的，就是通过努力，使自己得到最需要的，丢掉那些无关紧要的。这样的话，我们的人生必定会是一个有意义的人生，一个成功的人生。

人生本来就是得与失的统一体，一味地得到从来都没有，也不可能有。当然了，在我们面对失去很无奈的时候，说不定已经得到了意想不到的结果。看透了这一点，我们在遇到大的人生变故时，就能处变不惊、泰然自若，自信地走好每一步。

每个人都是上苍的精灵，只要我们珍惜生命、热爱生活，我们每个人都能够解好自己的人生方程！

2004 年 6 月 15 日

2014 年 5 月 13 日修改

让内心更强大

当今社会，纷繁热闹，生在这个时代，面对的诱惑和挑战非常多，名、利、权等，都在时时刻刻撩拨着人们追逐的欲望。现在的贫富差距那么大，有钱人成天花天酒地、纸醉金迷，无节制地占有社会财富，没钱人却连最基本的温饱和生存都无法保障。

一个人打定主意想做点事情，那就必须具有抵御各种诱惑的定力。因为活着的每一天都要面对名利和物质等的撩拨和挑逗，一般人是无法置身事外的。其实，对于名利、物质，没有人不需要，没有人不喜爱。一个人处在白手起家阶段时，正是因为缺乏这些东西，才会萌生为之奋斗的决心和动力。就整个社会而言，目前温饱问题基本得到解决，小康生活目标正在实现，追名逐利却依然是许多人奔波忙碌的主题。这样发展下去，即便是最终实现了名利双收，人的内心世界也未必会平静和安宁。

世界上的财富很多，一个人即使把全部人生都投入进去追逐，所获得的财富与世上的存量财富相比，也永远只会是九牛之一毛或者沧海之一粟。人追求财富的原动力是为了保证生命延续的物质条件和精神生活之所需，故而，只要个人所创造的财富满足了这样的需求，那剩余的部分就没有多少价值。有的人虽然占有了那么多财富，可是当他离开这个世界的时候，却无法将其带走；许多贪官贪污了大量钱财，最终却只能用作定罪量刑的证据；最悲惨的是封建社会的帝王，陪葬了很多稀世珍宝，却因此被盗了墓，玷污了尸骨。总而言之，钱财永远都是世上的，个人拥有只是暂时代为保管而已。人能拥有那么多的财富，好处大概仅仅只是获得物质上的短暂满足、心灵上的些许愉悦而已。

　　人倘若只为了名利和财富而活着，走到生命尽头的时候，往往会体味出生命苍白的滋味。不要为争得更多的财富而去耗力费神，这样争下去，把这辈子搭进去都不会有多大名堂。如果把那么多人为此付出的精力节约出来，都用在社会进步和人类的精神解放上，那必将汇聚成具有翻江倒海之势的滚滚洪流。

　　我比较崇尚卓越，做什么事都想做好。即便是与人交往，对朋友的要求也比较高，某种程度上就忽略了"人无完人"这一客观事实。平时，认识问题和处理问题相对理想化，常常就脱离了现实。殊不知，世上还存在着大批马马虎虎做事情、糊里糊涂求生存的人。自己的严谨细致和高标准要求，决定了平时无法把与他们的关系处理得更亲近一些。

　　加之，自己喜欢写点文字，也占去了大量的业余时间，去牌场、酒场和娱乐场的机会就少，以至于别人感兴趣的事情自己不感兴趣，自己感兴趣的事情别人不感兴趣。相对而言，我的社交圈子就比较狭窄，也无法结识到更多的社会朋友。但是我坚持做真实的自己，抒写自己的内心，又没有碍着谁，这样不也是一道独特的景观吗？

　　经历丰富了，觉得自己性格深处的东西已经不好改变，更不想去改变。毕竟在这个纷繁的社会大潮中自己还没有失却自我。在以后的岁月中，也完全可以抛开名利与财富的束缚，培育一颗强大的内心，活得再恬淡一些、再随遇而安一些。

　　什么是强大的内心呢？就是不管到什么时候，都保持坚定的信念，具有明确的追求目标，能够做到胜不骄、败不馁，坚守住自己，咬定青山不放松，不做欲望的奴隶。

怎样才能做到内心强大呢？就是要让心灵足以抵御来自外界的各种诱惑，足以战胜生活中的不如意，足以潇洒地走过人生的每一天；就是要以传统和自己崇尚的价值观为指向，达则兼济天下，穷则独善其身；就是要保持独立的人格，不为五斗米所折腰，不为纷繁缭乱的花花草草所蛊惑，坚守真实的自我，自如地走人生之路。喜欢做的事就多投入精力去做，不喜欢的事就少做。

真正做到内心强大了，也就活出自我了，更能充分品味出生命的真谛了。

2010 年 11 月 23 日

2014 年 7 月 15 日修改

倾情年轻

年轻的时候，渴望着长大，渴望着成熟，渴望获得更多的认可。过了不惑之年，自知不再年轻，对社会对人生的认识不再那样简单。然而，面对纷繁复杂的社会，面对历史的变革，面对追名逐利的愈演愈烈，也使自己在不经意间陷入迷茫，今后的人生该走向何方？又能收获些什么？

在这样的心绪中，倒是油然生出了一种情愫，那就是越发地羡慕起年轻人来。年轻人的活力，年轻人的热情，年轻人的乐观和追求，都能让自己从心底生出欣赏之情。特别是在一些公开场合，看到那些志愿者，看到那些大学生，看到那些激情洋溢的青年人，不由得就被他们所感染，不由得就想和他们拉近心灵距离，不由得就希望与他们交流分享人生感悟。

尽管我也知道，年轻的背后是懵懂，是青涩，是愣头青，抑或是"嘴上没毛办事不牢"。但是，年轻孕育着潜力，年轻代表着未来，年轻更有机会书写出更多的人生精彩。即便是从敬畏生命创造性的角度来衡量，年轻也更能给人们留下无尽的遐想。我们是从年轻时走过来的，回头再看，有许多路走对了，有许多路走偏了，岁月让我们积累了许多值得反思的教训和应该借鉴的启示。如果年轻的岁月可以再重复一次，相信我们一定会更加珍惜，更加投入，更加敬畏，更加张弛有度、从容应对。

我们处在一个大变革、大发展的时代，用日新月异来形容应该是恰当的。过去，没有手机的时候，谁会想到手机会成为现代人一刻也离不得的通信工具？我一直在想，慈禧太后的生活那么奢华，可她必定不知道手机到底是个什么玩意儿，这应该是时代进步赋予现代人的便捷和文明风尚。还有高速公路、高速铁路，进入寻常百姓家的私家车，这些新生事物走进我们的生活才有多长时间啊！可是谁又预料得到，这些现代文明的产物将会给我们的生活带来多么大的变化呢？小轿车进入家庭，这是多少代人的梦想啊！就在近7年间，中国的小轿车产量就跨越式地从300万辆提高到了1000万辆以上，而且供不应求。眼下，不管哪里的汽车驾校，都是人满为患！走在街上，随处可见停放着各式各样各种品牌的车辆。这个时代，我们感受到的人类文明所创造的成果比以往任何时候都更多，而且铺天盖地袭来，简直令人目不暇接！

按照这样的势头发展下去，我们明天的生活必定会更加美好，更为先进的文明也会更多地融入以后的日子。可是，那么多上了岁数的老人相继离去，那么多同龄人因为这样那样的飞来横祸仓促告别人生，我在为他们感到惋惜和遗憾的同时，更多体味到的是生命的脆弱和珍贵。实际上，只有单行道的生命历程，处在这个时代的区间本来就是一种幸运。我们在为逝者哀叹的同时，又有什么理由不努力去挖掘生命的潜力，丰富生命的内涵，使人生在岁月的流逝中不断增值呢？

年轻是相对而言的，不惑之年相对于耄耋之年，那是个什么概念啊！不惑之年仍然是年轻的，我们依然是年轻的。要知道，我们在羡慕别人的时候，也还有那么多人在羡慕我们！正如卞之琳老先生《断章》中所描绘的，你站在桥上看风景，看风景的人在楼上看你。其实，我们在仰望和羡慕别人年轻的时候，一回头却发现自己的年轻正被别人仰望和羡慕着。

在这个大发展的时代，在人类文明不断提升层次和境界的今朝，我们不应该一味地沉湎于已经逝去的岁月之中。我们希望从过去的经历中获得启示，并对后来的年轻人有所教益，但更应该从老一代先行者那里汲取成长进步的养分。不惑之年，更应该准确地定位和把握自己，珍惜每一天的日子，做一些力所能及的事情，让生命在平凡中得到升华，这样的人生即便再普通也是有意义的！

　　向后比，我们已经不再年轻；向前看，我们依然拥有年轻的身躯和心灵。不管到什么时候，只要我们始终保持年轻的心态和旺盛的进取精神，我们必定会书写出不同寻常的人生篇章！

　　让年轻永恒吧！

2011 年 5 月 24 日

饮酒与管理情绪

女人喜欢在自己男人面前撒娇和耍脾气，是因为女人认为在亲人面前就应该做真实的自己。男人其实也一样，在熟悉的人面前更随意、更能够显露出真性情，只是男人比女人更理智一些，控制情绪的能力相对更强一些而已。

前天在岳父家，看到两个酒喝多的人，一个眼睛瞪得圆圆的，说着不该说的伤人话，另一个昏昏沉沉地坐在地上，嘴上也在胡言乱语。这两个人明明是乡邻，却因为喝多了酒，说话和做事的风格就与平时截然不同，该说什么不该说什么，嘴上基本没有把门的，这就是典型的酒后失态。

昨天晚上，睡到半夜时分，忽然被楼下的吵闹声搅醒。仔细听了听，原来是一个醉汉在静寂的院子里乱喊、乱叫、乱骂人。这样的事情遇到得多了，就产生了司空见惯的感觉。在单元楼居住，小区比较大，过上一段时间，总会有这样的事情发生。常常是在夜深人静的时候，楼下就会传来怪声怪气的叫喊声或咒骂声，一听就知道又有人因喝多酒而失态了。

在社会交往中，饮酒似乎是一种常态，如果缺少了这样的礼仪，中国的一些传统习俗就缺失了味道。所以，聚在一起把酒言欢也就成了交流思想、增进感情的主要形式。只是，在这一过程中，饮酒的度如何把握却对每一个人都是个考验。

最近，两个比较熟悉的朋友都因为心脏问题住进了医院，其中一个还做了心脏支架手术。如今，什么早搏、供血不足等心血管疾病，已经越来越年轻化。40多岁心脏就有问题，遗传是一个重要因素，但是，平时的一些不良生活习惯也是引发疾病的重要原因。我与其中一个朋友的人生经历及平时的生活习惯比较相似，他的身体状态确实也给我敲响了警钟。我意识到，自己已经不是大碗喝酒、大口吃肉的年龄了，平时必须把保养提到重要议事日程上来。

饮酒之后，要努力把管理情绪放在首位。饮了酒人会更加感性，不利于情绪控制。加之，过量饮酒对身体的危害也非常大。古人观人有四法，其中就有酒后观人一说，酒后观人能够考察一个人是否有足够的自控力拿捏住酒精刺激之后的情绪放纵。所以，饮酒就成为考核人和评判人的一种重要形式。只有喝了酒表现得比平时更冷静、更能控制住自己的言行，这才是酒后的理想状态。喝了酒，就忘乎所以，说不该说的话，做不该做的事，就必定会失去水准，辱没个人形象。

管理情绪，就要始终让情绪的波动处在一个合理的范围之内。平时的生活点滴中要控制，喝了酒之后更应该千方百计去控制，特别对于那些具有杀伤力和破坏力的不良情绪，一定要驾驭住它。

管理情绪需要理性，需要学识和修养，需要顽强的意志和自我约束能力。情绪管理好了，必定会对人生的成功产生积极作用；反之，就会对人生造成不良影响。所以，管理情绪是人生的一项重要修炼和技能，必须自始至终重视它。

2011 年 11 月 15 日

忘记过去的不愉快

在岁月的长河中，每时每刻每一瞬间都可能有不愉快的事情发生。不愉快的事情是一种客观存在，不管我们喜欢不喜欢，它在一定的时候一定的场合一定的情况下都会应运而生，我们每个人都可能会在不同的时候、不同的地方碰到。

对于不愉快的事情，我们应该怎样去面对呢？一般人都会把它记在心中，有一时没一时地想起来，泛起酸楚，折磨自己。有的人甚至一辈子都会记忆着某些不愉快的事情，几乎到了刻骨铭心的地步。这样其实就是有意无意让自己陷入一种仇恨的心绪中而无法释怀。

不愉快的事情会给人带来负面情绪，想起来就会压得人喘不过气来。所以总记着不愉快的事情，对于人的身心健康是没有好处的。事实证明，不愉快常常是一种客观存在，不愉快的事情会影响人的身心健康，不愉快的事情会给我们带来不舒服的感受。所以，如果不是什么深仇大恨，就不要被不愉快的事情所绑架，总让它萦绕心头毕竟不是什么好事情。

既然不愉快的事情谁都会碰到，不愉快的事情带给我们更多的是负面情绪，不愉快的事情常常会压得人喘不过气，那么平时对待过去不愉快的事情就应该坦然一些、豁达一些、糊涂一些，不要让它始终滞留在心间。尽管在前行的道路上我们还会遇到这样那样不愉快的事情，但只要是不涉及根本原则的问题，遇到一个就丢弃一个，对我们情绪和生活的影响就会趋于最小。

过去谁对自己不好，过去谁又给自己使过坏，过去自己又犯过什么错误，把这些东西都过滤一遍，不要让它们始终压在心头，把该遗忘的努力从脑海中删除掉，真正使身心和精神背负的压力少点再少点，让心灵深处明亮一些、洁净一些，那样的话，自己就会成为一个更加阳光、更加自信、更加从容、更加坦荡的人，人生的意义和真正滋味也会品尝得更加充分到位。放下不愉快的包袱，带着轻松和别人曾经对自己的回眸一笑，以感恩的心态前行，未来的人生就一定能走得更加精彩！

2013 年 9 月 5 日

感受点滴美

生活中有美好的东西，也有丑陋的东西。我们所接触到的生活是全方位的，所以丑的东西和美的东西同时存在。一般人都喜欢美的东西，讨厌丑的东西，这是天性。当然，丑的东西许多时候都是人为制造的，比如偷窃、出言不逊、破坏公共设施、贪污受贿，等等。

人的长相有差异，不同历史时期、不同地域、不同文化背景下的审美观，对于美和丑的取向是不同的。比如，在唐代以女人的胖为美，汉代却以女人的娇小为美，在封建社会很长一段时间内还以女人的小脚为美。如今，西方人对于东方美女的评价也与国内大相径庭，不妨看一看国外评选出来的中国美女，基本特征是牛高马大，瓜子脸，凸颧骨，小眼睛。而中国人眼中的美女，讲究的是身材匀称，线条清晰，该凸的凸，该凹的凹，秀发飘逸，面容姣好，双眼皮、大眼睛、高鼻梁、薄嘴唇，加上雍容的气质，等等。

今天新浪博客头条是一名摄影师在北京三里屯拍摄的一组街拍照片。片中的各个主人公自然、纯朴、清新，确实带给人的是视觉的享受和精神的愉悦。那些女孩都是行走在街上的过客，没有刻意化妆，没有精心打扮，她们的恬淡、清纯、自如，的确给北京街头增添了色彩。其中有一个女孩，抱着一只宠物，是那么富有朝气活力，又是那么一副国色天香的模样，特别是她浑身流溢出的青春气息，足以打动爱美的所有人。这是生活中的一种自然美，它可以为平淡的生活添彩，同样可以带给人精神上的愉悦。生活之中，只要用心观察，美无处不在。

美的东西可以愉悦人、陶冶人、激励人，丑陋的东西可以破坏人的好心情，带给人不良情绪，更有甚者，使人对生活失去信心。但是，美和丑又是同时存在，不以我们主观意志的好恶而出现或消失的。那么，平时我们为什么不多去发现美，而鞭挞和远离丑呢？蓝天白云是美，青山绿水也是美；香甜可口的饭菜是美，美妙的音乐也是美；一句动听的话是美，站起来给孕妇和老人让个座也是美……当然，美完全是可以创造的，人的一言一行、一举一动，既可以是丑的，也可以是美的，就看我们想去创造美，还是想去给社会添堵。只要我们用心去感受，经常去发现美，去感悟美，去创造美，去被美所愉悦，那平淡的日子一定就会更有情调和韵味。

让美的东西尽可能地去张扬，让丑的东西尽可能地被遏制，我们的生活就会被美所萦绕，丑就会被挤压到无限小的黑暗角落。这样的话，我们对生活、对生命的热爱就会更加强烈和挚诚。

2013 年 9 月 25 日

紧要处那几步

人生紧要处就那几步。把那几步走好了，人生能否成功就有了答案。如果没有走好那紧要的几步，甚至耽误了，那这辈子很可能就是失败的。因为属于人生的黄金季节仅仅只有那么数十年，而且是有限的数十年。古语讲，五十知天命。到了50岁，人生基本上就定型了，再想有大的发展，时间和体能就不够了。

人在年轻的时候，什么都敢想，什么都可以想。想了之后，就要踏踏实实地去做，如果光想不做，那这辈子就会被荒废。仔细算一算，属于人生奋斗的日子其实是非常有限的。现在的孩子一般读书要到二十二三岁，甚至二十五六岁，从这个年龄开始工作，十年左右是磨砺时期，这个时期是长本领、长见识的阶段，基本要延续到三十二三岁，甚至三十五六岁。如果干成点事情，意味着人生拥有了好的开头；如果没有丁点收获，那说明头就没有开好，人生成功就失去了一半的机会。

倘若30岁时拥有了好的开头，在50岁之前的一个阶段就是巩固、发展、进一步攀升的时期，如果顺利的话，人生还可以更辉煌一些；如果走得不顺利，那耽误起来也非常快。在职场上，一个人的个性太强了不太好，业务能力太强了也不太好，在与人打交道的过程中，个性强和业务能力强的人都会遭到嫉妒和挤对，个人前行的道路上无形中就被设置了潜在的障碍。

　　年轻时觉得人生很漫长，但是到了40岁之后，人生就过得非常快了，有时候真有一种挡都挡不住的感觉，不知不觉岁月就溜走了。年轻时候没有做成的事情，到了40岁之后，再想做，就会生发出心有余而力不足的感觉。到了45岁之后，这种感觉会愈发强烈，抑或还会生出没有把握好青春岁月的懊悔。尽管中国人现在的平均寿命已经达到76岁，但是，做事情的年龄依然非常有限，也就是20年左右的时间。过了这个阶段，机会就会越来越少。人在退休前的10年左右，基本上就是守成的阶段，所以对这10年就不要再寄予过高的希望了。掐头去尾一算，人生到底拥有多少拼搏奋斗的时间和机会就清楚了。所以，人生非常短暂并不是危言耸听，而是客观事实。

　　既然人生很短暂，紧要处就那么几步，那就一定要好好把握紧要处的那几步。怎么好好把握呢？还是从平时做起，从一点一滴做起，在量的积累上好好下功夫。唯物辩证法有量变到质变之说，那人生日常的积累就是量变的过程，紧要处就是质变的过程。紧要处要靠平时的积累去支撑，只有平时把基础打扎实了，到紧要处时才能抓住机会；倘若平时的基础没有打好，到紧要处时即便是机会降临，大概也会从指间溜走，几次三番，就会影响和耽误前程。

　　人生，抓紧要处不能一味地瞅着紧要处，走好紧要处就是把平时积攒的能量集中释放出来。缺失了平时的积累，想在紧要处实现突破也绝对没有可能。这些辩证法，我们熟知了，做事情就会有的放矢，就会更加重视平时的积累，努力为紧要处实现突破多做准备就会成为一种自觉。

2013 年 9 月 25 日

不能放纵性情

人都有感性的一面，也有理性的一面。在正式场合、公开环境中，人们多以理性的状态出现；在非正式场合与私下聚会时，多以感性的一面出现。

由于性格的原因，感性的人最容易对自己亲近的人造成伤害。为什么会这样呢？因为在亲近的人面前，才会不在意自己的错与对，把心里的感受淋漓尽致地表达出来，甚至还会把心中的委屈和不快向对方发泄，这就最容易伤害到亲近的人。通过充分表达主观认识和发泄心中的郁闷，心情固然轻松了，可是别人很有可能却因此受到了伤害。所以，亲近的人彼此之间更应该多一些包容和理解。仆人眼中无伟人，更何况普通的老百姓呢？相爱的人之间感性的东西越多，理性的东西就会越少。一对夫妇从朦朦胧胧的感情发展到知根知底，最终产生审美疲劳，使爱情转化为亲情，甚至夫妻变为仇人的现象也比比皆是，原因是两个人之间没有把握好这个演变过程的分寸，使这个过程失去控制，最后一发不可收拾。

人在一定的时期，依靠自身的影响力，可以把一些思路贯彻执行下去；到了一定的年龄，影响力下降了，说话的分量轻了，即便是有再好的想法，得不到别人的认可和赞同，也未必能付诸实施。这是个规律，只有遵循这个规律的人才能圆满收官。老了之后，就该退出历史舞台，坐在阳光下，说东道西，畅谈历史，回味过去，至于现实中的人和事，最好不要涉及，每天有吃有喝足矣。人的自知之明是什么，就是对人生的不同阶段有个准确把握，不要超越限度去做事情。在一定的舞台上，在一定的阶段，就需要充分而尽情地去展示。过了这个阶段，失去了机会，再要去展示，很有可能会成为不合时宜的举动。

少点感性，多点理性，这是人生成功的关键。感性多了往往会坏事，理性多了才会是成事的基础。当然，理性多了，人会活得比较累，心中有苦得往肚中咽，需要个人承受压力的能力更强一些，心胸更宽广一些。否则的话，人是很容易被挫折和压力击垮的，归根结底，吃亏的只会是自己。舅舅牙龈患了病，主要是为儿子娶不到媳妇而着急得上火，这个心头之结一解开，舅舅生命的活力极大地迸发出来，现在的身体是多么棒啊！他这个人对事太较真，放不下，只能走人生的顺境，稍微有点压力，无形中就会对身体造成伤害，这大概也是许多人的一种生命特征。认识它，利用它，应该会受益无穷。

放纵性情会释放和缓解个人的压力，但容易带给旁人伤害，毕竟人与人之间站的角度不同，对问题的看法也会存在差异。因之，两害相权取其轻，生活中还是应该理性多一些，感性少一些，果真个人思想的弦绷紧了，也许会对稳健地成就事业带来好处。

2013 年 12 月 9 日

最在意的才最重要

　　金钱、物质、财富是人们在意的东西，名声、荣誉、口碑也是人们在意的东西，理解和相知更是人们在意的东西。不同的人在意的东西不同，不同事物在心目中的分量也就不同。谁在意什么，什么在心中就更有分量。

　　许多有钱人，在财富积累到一定程度后，似乎最缺少的是亲情，所以他们最在意的就由财富转移到了亲情上；大多数为了生存而成天奔波的人，他们手头缺少的是财富，所以他们最在意的也必然是这些；病患无法像平常人那样去生活，活着的欲望愈发强烈，他们最在意的当然是身体的健康，做梦都渴望过平平常常的日子。

　　在意也与兴趣有关系，有的人喜欢文体活动，他们在意的就是NBA、足球、乒乓球和羽毛球等，在这些事情上投入的精力也比常人多；有的人喜欢经营人脉圈子，就把大部分精力都用在了处理复杂的人际关系和钩心斗角上，而且从中也能获得比别人更多的乐趣；有的人喜欢女色，隔三岔五地更换老婆，一辈子挣点钱都花费在了这桩事情上；有的人喜欢干工作，只要领导和其他人安排的事情，他都能一心一意地做好，属于那种只管耕耘不问收获的老黄牛式的人物，也活得优哉游哉。其实，人的兴趣和关注点在哪里，人生的精力也就能投放到哪里。

一个人在不同的阶段在意的事情也不一样。青少年阶段，在意的是学习好不好，学业优秀不优秀，能不能考上好大学，会不会找到好工作；中年阶段，在意的是工作能不能干得出色，事业会不会取得进步，家庭能不能经营好，父母能不能颐养天年；老年阶段，在意的是儿孙们的进步和事业，个人的身心健康和幸福，一家人的团结与和睦，能享受到多少天伦之乐。其实，老先人已经把话讲得非常明了透彻，三十而立、四十不惑、五十知天命，人在不同的身体状况和兴趣爱好驱使下，关注和在意的事情就不一样，到了什么时候就会想什么时候的事、说什么时候的话。

一个人年轻时期，是事业上升阶段，一定得把工作和事业放在第一位；到了中老年，就进入守成阶段，锋芒就得收敛一些，与年轻时的追求目标和处事方式就应该有所区别。现在看来，人如果这辈子仅仅只为过日子，生命的高度和厚度就会大打折扣，到了将来留给社会的念想和财富必定会少一些。人的生命非常有限，高兴时得活着，不高兴时还得活着，与其不高兴地活着，还不如把每天都过得充实一些、快乐一些、有意义一些，让生命的过程留下更多值得回味的记忆。再就是把生命的能量尽可能地释放出来，努力使生命的火花闪烁得更耀眼一些。

最在意的事物就是最重要的，缺什么补什么是最行之有效的思路和方法，最在意什么就投入更多的精力去做什么。不同的人在意的事项不一样，关注的重点也就有差异，认识了这个规律，在处理事情的时候，就应该对症下药。一个人到了一定的年龄却不知道自己该做什么，也是件令人唏嘘的事情。人在即将走完一辈子历程的时候，就会竭力考虑，身后留给社会和后代的会是什么，这样的想法尽管让人觉得幼稚可笑，但人性使然，谁也无法避免。

　　人最在意什么，什么才最有价值。轻易不要在意什么，如果在意什么陷进去的话，可能也会让人生太过呆板。一言以蔽之，不管在意什么，度一定得把握好。

2014 年 1 月 13 日

第五辑／亲情绵长

我的爷辈们

　　我家爷爷辈有弟兄四个，爷爷为大，有父亲和叔父两个儿子。二爷有三个女儿，小女自幼被送了人。三爷早年随他舅舅家的表哥去兰州闯荡，因病殇到了外头。四爷经爷爷的朋友介绍到铁路上谋到了差事，跟着铁路从兰州一直到乌鲁木齐，后来扎根在那里，膝下有两女一子，儿子十多岁时不幸夭折。

　　我出生后，在长辈的循循善诱下，逐渐对家里的亲人有了印象，他们的身份也由此确定下来：太奶奶、爷爷、奶奶、父亲、母亲、二姑、叔父等。太奶奶80多岁高龄，患老年病，行动不便，总躺在床上，奶奶每天把太奶奶抱出抱进、喂吃喂喝，炕前檐下服侍。爷爷每天干完生产队的活，晚上和太奶奶住在一起，挪体翻身、端屎端尿。太奶奶年岁高，经常说胡话，给我们留下了许多令人啼笑皆非的趣谈。

　　我们家是一个大家庭，吃饭的闲人多，爷爷、父亲、母亲累死累活地在地里干，二姑没黑没白地在学校干，为的是多挣工分、多分粮。奶奶守在家，八口人的饭要做，衣服要缝补，我和太奶奶需要人照顾，寸步都不能离。就这，太奶奶还从炕上摔下来过一次。那是奶奶去上茅房，嘱咐我守护着太奶奶。太奶奶在土炕上爬动，眨眼的工夫就摔到了地上，我吓得又哭又叫。奶奶闻声后跑回来，把太奶奶抱回炕上，心疼得几天都没个笑脸。

　　慢慢地，我觉得我家好像与别人家有点不一样，爷爷管家很凶，家里人都怕他，在村上闻名。每天早上爷爷总是早早起来，叫醒一家人，或下自留地干活，或给猪圈拉土，或背上笼去拾粪，有时候连我和六七岁的妹妹也不放过，让每人带上个棒槌跟着大人们去自留地打土坷垃。我和妹妹蹲在地里一边慢慢向前挪动一边挥动臂膀敲打。那时，我很羡慕别人家的孩子——能被大人呵护着不用去田里干活。再就是，爷爷、奶奶似乎与别人家的爷爷奶奶不大一样，他们之间从来不说一句话，奶奶有什么事总是让父亲他们给爷爷传话，爷爷给奶奶钱或者别的什么，也是经过我们孩子转手。我的心里很疑惑，爷爷奶奶怎么这样呢？

　　随着一天天长大，我慢慢知晓了其中的缘由。我们家本来是爷爷弟兄几个共同的大家庭，从来没有分过家。因为很早就没了爷爷，我所谓的"爷爷"其实是爷爷的弟弟——二爷。因为我们孙子辈一出生就这样叫，二爷在我们的眼里便是"爷爷"。姑姑们本来也应该唤作堂姑，我们家，奶奶为嫂，我眼中的"爷爷"为叔，父亲和姑姑们是堂兄妹。就这样，叔嫂二人"爷爷"主外，奶奶主内，他们拉扯着父亲、堂姑们，艰难地打发着苦焦的日子。之所以"爷爷"奶奶彼此不说话，我想大概还是受封建礼教男女授受不亲传统的影响吧，特别是嫂子和小叔子之间。

　　为什么会是这样的情况呢？母亲给我讲了许多老辈人的心酸往事。旧社会，爷爷在岳庙街给人打工经营店铺，找机会给四爷在外面找了份工作。因为家里有收入，日子还可以，加之有太爷爷这个"天"罩着，二爷不担沉，基本上是"二七不离河口、三八不离庙上"。意思是，只要三河口和西岳庙逢集，二爷就会每集必去。

　　后来，爷爷突然患了不好的病，经治疗无效后不长时间便去世了。临终前，他拉着二爷的手说，他把父亲托付给二爷了。那时，奶奶31岁，父亲只有12岁，叔父还没有出生。祸不单行的是，爷爷去世不到一年，二奶生了三堂姑后不久，也突然病倒了。二爷把二奶带到省城去看病，几个月后，二奶也不幸去世了。二奶的后事才刚刚处理完，四奶又病倒了，二爷只能强忍着悲痛，又举债带上四奶再去省城治病，所幸的是四奶最终痊愈而归。三起祸事，前前后后拉扯两年多时间，对于一个普通农家该是多么沉重的打击啊！这时，二爷把不满半岁的小女儿送人了。

1959年，三门峡库区移民，老爷爷举家迁移到蒲城定居，三四年后也去世了，这一家老的老、小的小，生存的担子就全部落到了二爷身上。自此，二爷变得沉默寡言了，也更凶了，他咬紧牙关支撑着。庆幸的是，外面干事的四爷也尽最大努力帮衬二爷，他除了自己吃饭穿衣，基本把剩余的工资都花给了这个大家庭，一大家人才能艰难地向前过着日子。

经过接二连三的打击，我家的日子就非常困难。可是，二爷没有倒下来，没有气馁，只是走路比过去更快了，起床更早了，睡觉更晚了。他拉扯着子侄们拼死拼活地挣生产队的工分，细心耕作自家那点自留地，帮助太奶奶、奶奶搞点家庭副业……其间的苦楚，别人真是很难理解。一句话，是二爷以超常的毅力撑起了这个家。后来，太奶奶去世了，我的弟弟妹妹出生了，二堂姑出嫁了，叔父也复员回来成了家，我们家才一分为二，叔父赡养了奶奶，父亲赡养了二爷。

我没有见过爷爷，在我的记忆中，二爷就是"爷爷"，他对这个家的付出、对子女的关爱，如果用语言来形容的话真就显得太过苍白了！还有四爷，他尽管没有和大家生活在一起，但也把毕生的心血奉献给了这个家。几十年来，他总是坚持给家里寄钱，接济这个家，直到侄子们都成家立业。现在逢年过节，他每次总要寄回两份同样的礼金，一份给大嫂，一份给二哥，陆陆续续地，他还给"爷爷"、奶奶置办了棺木……以至于我第一次去乌鲁木齐时，从他居住的两居室中，无论如何也丝毫感觉不到四爷是个干了30多年铁路工作的老同志；还有奶奶，作为一个平凡的农村妇女，为了这个家和她的子女，牺牲的何止是一辈子的幸福啊！从她身上看到的应该是中国农村千千万万个普通劳动妇女的平凡影子啊！

爷辈们用行动告诉了我们人间最珍贵的亲情是什么，人应该怎样去对待亲情。今后的岁月，我们只有用心去体会他们用行动实践过的亲情观和是非标准，继承他们团结协作的好家风，走好人生的每一步，不断地把日子往好了过，才称得上是爷辈们的好儿孙！

载 1998 年 11 月 30 日《澄合矿工报》

高祖在潼关城中有生意

在老潼关城里，我们先祖留下了生活的足迹。高祖父曾经在那里经营着一个车轴铺子，有三间临街门面房，主要是为出入潼关的马车更换车轴。那时候出入潼关，关内关外的车轴不一样长，留下的车辙宽窄也有差别，车轮如果不合辙，就无法行驶。所以，出入潼关的车辆都需要在关口前更换车轴。当时的车轴是木质的，一般使用枣木或者榆木等硬木制作，因之高祖的木匠生意还比较红火。

高祖育有四个儿子，老大、老二、老四都随着他在潼关城中经营车轴铺子，老三在华阴县（今华阴市）三河口附近的三阳乡三阳村卫家城子务农。高祖经营车轴铺子赚了不少钱，从潼关城中把可观的钱财捎回老家交给高祖母管理，高祖母把钱到处藏匿，墙壁的夹缝中、屋内的顶棚上、脚地的洞穴中，能想到的和不能想到的圪坳里都是她藏钱的地方。高祖母对藏匿银钱的地方守口如瓶，直到她去世时，也没有告诉过子女。高祖母匿藏的有银圆、铜钱和国民政府的法币等，许多法币到后来被找到时已经变成了废纸。

高祖去世后，儿女们分家另过，兄弟四人就开始独立过各自的日子。据老辈人讲，高祖父四个儿子中，老大小名叫崇，老二叫明，老三叫喜，老四叫什么已经打问不出来了。潼关城中的生意交给长子崇料理，二子明和四子也返回农村老家度日。那时候，在华阴县三阳乡三阳村卫家城子，老二有个独院，是一间半宽的庄基；老三、老四和老大住在一个院子，是个三间宽的庄基。这两院庄基相邻，都是面南背北，一间半庄基在西，三间庄基在东。

高祖在潼关城中的铺子经营到第三代的时候，高祖的嫡孙、长子崇的大儿子卫科生，也就是我的堂爷爷接手了这个车轴铺子。卫科生堂爷爷有个爱好，特别喜欢听书，在书场听得不尽兴时，常常把说书先生请到铺子中说专场，什么《三侠五义》《说岳全传》《忠义水浒传》之类的，他想听什么，说书先生就说什么，以至于把潼关城中的街坊门面卖掉用来支付说书先生的薪酬。在车轴生意不景气的时候，他还做过宰牛的屠夫，开过豆腐坊。卫科生堂爷爷在潼关城中曾经娶了媳妇，他的脾气比较古怪，成天有事没事就殴打媳妇，女方无法忍受，就离开了他。家里的长辈训斥卫科生堂爷爷，他却不以为然地说，今天走个穿红的，明天还会来个穿绿的。卫科生堂爷爷以后再也没有续弦，也没有留下子嗣，新中国成立后成了生产队的五保户，去世之后他的坟墓几乎成为荒冢。

卫科生堂爷爷自小在潼关城中长大，身上沾染了许多坏习气，算是个缺乏责任心的人。按理说，上辈人把生意交由他经管，他就有义务把生意传承下去，不发扬光大也罢，最起码应该守护好祖上的基业。再者，他曾经娶妻，但脾气古怪，对妻子不是打就是骂，逼得人家出走，最终连一儿半女也没能留下。他的弟弟因为参加永丰战役阵亡，弟媳带着三个侄子艰难度日，他竟然把弟媳和三个侄子卖与他人。本来大侄子成人后是要返回来顶门立户，并为他养老送终的，可是侄子回来一次，他打骂一次，导致侄子终究没能返回老卫家，直到他去世都未再谋面。

卫科生堂爷爷从潼关城中回到华阴老家，已经是解放后的事情。1959

年，三门峡库区移民，老潼关城被搬迁，华阴老家也要迁移，卫科生堂爷爷按照国家移民政策随家族一同迁移到蒲城县贾曲乡南贾曲村一队生活。当初，他没有经营好祖上留下的生意，也没有循着普通人的路子留下子嗣，更没有担负起失去父亲的侄子的抚养责任，还把他们卖与他人。由此不难看出，高祖的基业是败在嫡孙卫科生堂爷爷手中的。难怪人常说，三十年河东三十年河西。老一代的基业最终是需要后辈来继承的，如果后辈人缺乏责任心，那前人未竟的事业必将半途而废。

　　卫科生和爷爷是堂兄弟。爷爷辈的弟兄们有个共同特点，性格都比较内向，弟兄们之间也不太沟通交流，各人却都非常有主见。迁移之后，爷爷为一个姑姑找了个婆家，因为这家人不是华阴迁移来的新社员（移民），而是当地的老户，为此，当对象春节前来拜年的时候，姑姑领着她对象去看望伯父卫科生，他显得异常生气，竟然把姑姑对象带的糕点之类的礼物从屋里扔了出来。这件事情很伤爷爷的面子，老弟兄俩从此便有了心结，姑姑的那桩婚事也泡了汤。

　　此后，爷爷与他堂哥卫科生的关系属于那种不即不离的状态。爷爷不喜欢说话，但总是暗中照顾堂兄。爷爷曾经为生产队务菜，每每有点稀罕菜，就想方设法给堂兄留一点。有一年秋季，爷爷为堂兄卫科生留下点西红柿，不料有个邻居家来了客人，想做顿变样饭，爷爷便把留下的西红柿让人家临时应了急。为这事，卫科生堂爷爷不离现场就和爷爷翻了脸。爷爷面对着这个蛮不讲理的堂兄，真是深不得浅不得，关系始终保持得不温不火。在卫科生堂爷爷去世后，爷爷和其他堂兄弟们悉心地把他安葬了。

　　我们的先祖曾经在潼关城中风光过一阵子，后来基业败落在卫科生堂爷爷手中，大概也是上天注定的。富不过三代是句俗语，却也揭示了人类社会繁衍传承的基本规律。今天说道卫科生堂爷爷，因为他是高祖父的血脉。虽然他是个缺乏责任心的男人，人生也相当失败，但毕竟逝者为尊。之所以把这些往事抖搂出来，主要目的是让后辈们记住这个先辈，并以他的人生为教训，防止再有后人重蹈覆辙。

2014 年 2 月 13 日

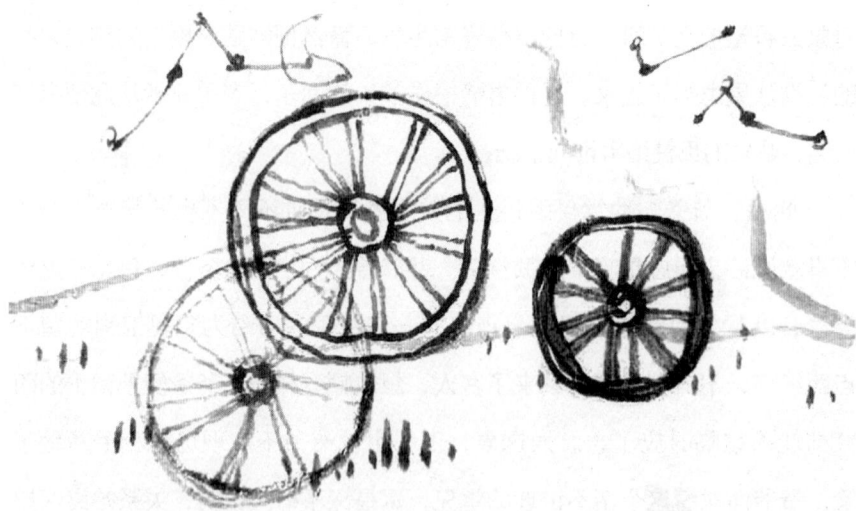

爷爷，我不想让您走

天，阴沉沉的；雨，如丝如缕。

戊寅年农历七月二十一日这天，爷爷永远地离开了我们。爷爷走了，走得是那样从容。爷爷临终前给父亲、叔父做了交代，是关于如何过好日子的话；对堂姑们做了交代，是如何尊重兄长、扮演好相夫教子贤内助角色的话；对我们弟兄做了交代，是如何搞好团结、尊老爱幼的话。

爷爷疼爱我们。爷爷对于我们总是严肃多于和颜悦色，但爷爷的一举一动却都倾注着浓厚的爱意。

爷爷弟兄四个，三爷外出闯荡时殇了；四爷在外地工作，家属子女全在老家。爷爷兄弟几个没有分家，共同维持着一个大家庭。在1960年前后短短的三年时间内，爷爷的大哥、妻子和父亲因病相继去世，老辈人中挑重担的只剩下爷爷一个，其他的就是太奶奶、奶奶和四奶奶，还有我们子侄们等六个孩子。从此，爷爷就成了这个大家庭的主心骨。

爷爷的担子重，他对自己的要求近乎苛刻。二奶奶去世后，爷爷没有续弦，独自一人支撑着这个大家庭。爷爷过日子很细，因为家里本来就穷，再加上祸不单行的那几年经济透支，劳力少、孩子多，日子就更难过。爷爷从来没有睡过一个天明觉，每天总是早早起来干活。那时候，生产队打铃出工，清早等铃声敲响上工时，爷爷肯定已捡拾了一笼粪，或者已领着父亲、堂姑们给猪圈拉了几车土。

爷爷性格内向，不善言辞。对子侄看起来很严厉，实际上他心里牵挂着每一个孩子，对哪一个都像亲生的一样。历经千辛万苦，使子侄们娶的娶、嫁的嫁，总算都有了完整像样的家。他又把注意力转移到我们孙子辈身上，今天操心这个冷，明天操心那个热，这个定了亲，又牵挂那个还没嫁。他把自己捡拾破烂的收入和别人给的零花钱攒起来，从来都舍不得花，哪个需要接济就给哪个。他不愿看到任何一个子孙过不下去。平日里，他不固定待在一个地方，总是这个子女处走走，那个孙子处看看，不然就不放心，就睡不好觉。见了面，瞅上一眼，住上一宿，可以啥话也不说，就又踏上了新的路途。

爷爷走了，但我总觉得这不是事实。爷爷匆匆的脚步似乎刚从我身边掠过，爷爷硬朗的身板好像正在场院里扬场，爷爷慈祥的目光仿佛还在注视着他的每一个子孙遇到的顺逆得失，爷爷眼神中依然流露着些许无奈……

爷爷，我真的好想您，真的不想让您走！

注：爷爷本来是二爷，但是，自从我们出生就称呼他为爷爷，所以，文中就沿用习惯称呼。

载 1998 年 10 月 15 日《澄合矿工报》

奶奶的一些往事

奶奶跌跤

大概是我六岁的时候，现在推算一下，应该是1974年。

那年夏天，在生产队夏收大忙的日子里，青壮年劳动力全部投入三夏抢收。因为当时家里有80多岁的曾祖母瘫痪在床，身边离不开人，奶奶只能守在家里伺候她，给一家老小做饭、干家务。

那时候，我还没上学。有一天半早上，我正迷迷糊糊地睡着觉，突然，隐隐约约听到屋子外有飞机的轰鸣声。当时，飞机对我的吸引力之大实在是难以用语言来描述。那阵子国家对战备抓得紧，时不时就有一架两架训练或转场的飞机从我们村子的上空飞过，小孩子都会成群结队地去追逐观看。当日大清早听到飞机的轰鸣声，我啥也顾不得想，就一骨碌从炕上爬起来，身上连一丝线头都没有挂，撒腿就往后门外跑。那会儿奶奶正在院子中忙碌，没有想到我会光着屁股疯了似的跑出去，就一边责备着阻止着一边跟在后面追赶，奶奶当时最担心我跑出去后会着凉生病。

任凭奶奶怎么叫，我就是不应声，只是火急火燎地往院子后门外面的空旷处跑。情急之下，奶奶只能紧赶几步，一不小心，被灶房通往后院的门槛绊倒了。倒地的时候，奶奶"哎哟"了一声，随后她又艰难地爬起来，一边揉着手腕，一边继续从后面追赶我，直到追上我，并用另一只手把我拉了回去。

不久，奶奶的手腕开始肿胀，似乎很疼痛，她靠墙坐着一动也不动。父亲中午收工回来，把奶奶送到乡卫生院去检查，拍了片子，才知道奶奶的手腕骨折了。此后好长时间，奶奶的手腕都被绷带包裹得严严实实，做饭干家务也受到了影响。

我是奶奶的长孙。小时候，我身体不太好，小病几乎是一个接着一个。农村有种迷信的说法，身体不好的孩子，找个男孩多的人家结个干亲，既能弥补命相中的缺陷，又能沾沾对方的福气，有利于健康成长。所以，在我满月的时候，奶奶曾经抱着我到场院中去碰干亲，那天便碰到了此后几十年一直互相来往的干爹，干爹夫妇是拥有3个男孩和1个女孩的本分农民。

我们那一带农村碰干亲的习惯是这样的：在孩子满月的时候，孩子的奶奶或者爷爷抱着婴儿第一次出门，一般都是到场院转一转，随身带上一个花馍。出门之后，碰到的第一个人，不管是谁，就把那个花馍送给对方。倘若人家愿意结这门干亲，就会收下花馍，再通过第三方确认，就算结下这门干亲了，随后就会按照风俗习惯正式走动；倘若对方不愿意结这门干亲，便会原封不动地把花馍还给主人家，象征性地给孩子点钱作为贺礼，就意味着干亲没结上。

讲这件事情的原因是，我作为长孙，爷爷奶奶都特别疼爱我，加之我婴幼儿时期身体一直不太好，正因为这样，我一大清早没有穿衣服往后门外跑，着实把奶奶吓了一大跳。她着急地要把我往回追，以至于忙中跌跤，造成手腕骨折。以后的许多年，奶奶那个手腕活动起来都不怎么自如。这也成了我一直感到愧疚的事情。

这是奶奶留在我幼小心灵中的一件往事，也是奶奶关爱呵护我的一件小事，从中就能看出，在我人生成长的道路上，奶奶是怎样一以贯之地爱着我呵护着我的。

一碗高力肉

过去，农村一年到头都吃不上几回肉。不像现在，想吃点肉随时就可以买到新鲜的大肉、鸡鸭肉、鱼肉、牛羊肉之类。特别是眼下最时尚最健康的饮食方式是少荤多素，这在过去根本不可想象。

大概在我七岁那年，国家提倡商业合作社送货下乡。记得有一天，公社合作社把农具、布匹、百货、香烟、食品等集中到我们村子西头临时平整出的一片空旷耕地上，在那里搭起大棚，支起临时柜台，俨然一个临时集市。全村老少，在散工之后，不管买不买东西，都要去那里转悠转悠，这个仅仅存在了两三天的临时集市着实给当时的农村带来了热闹景象，此后几十年也再没有遇到过类似的热闹事。

本村有一个比我小两岁的伙伴，他的父亲是附近一个公社的党委书记，家里的经济条件比一般农家要好点。那天，在临时集市上，伙伴的妈妈领着儿子转悠，在公社合作社那个胖老头的熟肉摊前，他妈妈掏出一毛钱要给儿子买肉吃。大概这个胖老头认识他妈妈，顺手就从酱红色的卤肉上割了一块儿肥肉递给了他，也没有收钱。伙伴接过那块熟肉三下五除二就吞进了嘴里，把我们周围的一帮顽童馋得直流口水。

他妈妈看着儿子美滋滋的样子，就把已经掏出来的那一毛钱再次递给胖老头，让给孩子再买一毛钱的肉。胖老头无奈，只好伸手接过那一毛钱，就再割了一块儿肥肉递给伙伴。这回我们都不忍心再看了，只好悻悻地躲开，从远处看着伙伴跟着妈妈边吃肉边离开熟肉摊。那次的经历给我留下了很深的印象，从此也萌生出一种奢望，真想能吃上一回胖老头卖的那种酱红色的、非常馋人的卤肉。

奶奶的二姐一家在1958年三门峡库区移民的时候被迁往银川，后来返迁到了临潼县武屯乡杨北村。奶奶逢年过节都要去看望姐姐。那时候交通不方便，去姨奶奶家必须乘坐火车。我上小学以前，一直是奶奶的尾巴，已经到了寸步不离的地步。奶奶去姨奶奶家，总会领着我。起初，去的时候，或者从家里步行，或者由父亲骑着自行车送我们，走十几里路，在蒲城县陈庄火车站等车，然后再坐一个多小时的闷罐车，到惠刘车站下车，再步行七八里路才能到姨奶奶家。后来，新通了一趟车，还可以坐到相桥火车站下车，之后步行的路程比从惠刘车站下车要近一些，所以，此后就改成从相桥车站下车，然后再步行到姨奶奶家。过去，通信不发达，奶奶哪天去、啥时候到，也无法告诉姨奶奶，他们也没有办法到车站来接。

我们从姨奶奶家啥时候返回，有时候要提前说个日期，到了那天，父亲准会赶到陈庄火车站接我们。但是，许多时候，我们返程的日期提前确定不了，父亲就没有办法来车站接，奶奶只能领着我步行10多里回家。有一年夏天，奶奶没有提前确定返回的日子，在陈庄火车站下了车之后，我又渴又饿，去又没个去处，歇又没个歇处，奶奶看着我的样子，就决定到车站食堂讨点开水喝。

进了食堂，奶奶如愿讨要到了开水，待我喝过之后，肚子却咕噜噜地直叫唤。这时候，奶奶把我安顿在食堂角落的一张餐桌上，自己就去了卖饭的窗口前，等了好长一会儿，奶奶端回来一个蒸碗。我一看，真是喜出望外，那是一碗红烧肉啊！这样的肉我从来没有见过，更别说吃了。我想不通奶奶那天为什么会舍得花钱买那碗肉，瞬间便觉得那碗肉是那么珍贵，那也是我头一回在外面吃买来的熟肉。在以后的几十年里，那碗红烧肉一直留在我的记忆中，常常勾起我胃中的馋虫。后来才知道，那是一碗高力肉，当时那个蒸碗花了奶奶3毛钱。

奶奶领着我出了许多次门，但是，买高力肉吃那是绝无仅有的一次。不能说奶奶不爱我，奶奶绝对是把我看成心尖尖的。那时候农村人缺钱，商品也短缺，能过上有肉吃的日子恐怕连做梦都想不到。与村上那个伙伴比，人家的父亲是公社书记，经济上有来源，而我家是地地道道的农民家庭，长年除了种地几乎没有其他收入。那天奶奶能舍得花3毛钱为我买高力肉吃，肯定是犹豫了许久，最终才咬牙下的决心。

以后，我也经常吃到高力肉，但那次奶奶买的高力肉却让我一辈子也忘不掉。现在每次看见高力肉，就会想起奶奶，那种记忆既温馨又亲切，最重要的是它会勾起我对奶奶无尽的思念。

暖被窝

传统上，北方农村冬季取暖一直是靠烧炕。改革开放以后，慢慢富裕了，一般家庭冬季都会生个蜂窝煤炉子取暖，经济条件好点的家庭才会使用块煤炉子。

因为奶奶健在，我工作之后，基本上都是在老家过春节。每年回去，正是天寒地冻的时候，在城里习惯了，室内都有暖气，回到老家就觉得很不适应。加之，老家习惯住厦房，保暖性差，我们房间使用的又是床，所以，在回去之前，爷爷或者父亲就会帮我们安好房间的铁炉子，架起烟囱，生上块煤炉火。即便这样，房间依然进风漏气，后半夜会比较冷，我们只能咬牙忍着。毕竟只在老家待六七天，一家老小长年累月生活在那个环境中，也没有抱怨过什么，自己倘若连这点罪都受不了的话，那不是忘本了吗？

我们家和叔父家分住在一条巷的东西两头，奶奶住在叔父家，独自有一间房。叔父给奶奶盘了个土炕，炕边盘了个土炉子，土炉子的烟囱通进炕洞。冬天的晚上，生着炉子，炕也会暖和；如果不生炉子，烧炕也可以取暖。在我的记忆中，奶奶不太喜欢睡热炕，也不愿意让房间的温度太高。冬季特别冷的时候才会让叔父把炉子生着，平常的日子，只是把炕烧热。

奶奶的房子小，如果生着炉子，着实比我们房间暖和。儿子回去之后，一般跟着我母亲睡，母亲那边是土炕，也相对暖和点。有时候，我和妻也会跟奶奶一起睡。那样的话，儿子还会调皮地说，他跟他奶奶睡，我跟我奶奶睡，好像享受到了大人般的待遇。

我从小跟着奶奶睡，一直到上学之后，都念念不忘睡在奶奶身边的那种踏实、温馨的感觉。妻嫁过来之后，我们都在外面工作，倘若临时回趟老家，嫌收拾房间麻烦的话，就会和妻一起跟奶奶去睡。

记得是一个春寒料峭的季节，我们回了一趟老家。回到家先看过奶奶，就出门办事，顺便也告诉奶奶晚上跟她睡。那阵子，已经过了烧炕的季节，奶奶晚上也再没有烧炕。由于在外面耽误的时间较长，我们回去得很晚。到家的时候，奶奶已经睡下，倒春寒却冷得我和妻一个劲儿地打战。

奶奶的炕是东西方向，北边靠墙，南边是炕沿，奶奶的头在东边，靠南睡在炕边。奶奶给我们铺的被子在炕里边，枕头放在西边。这个时候，我却发现奶奶身子睡在她的被子中，腿脚却伸在我们的被子中。我正在纳闷之际，奶奶解释说，刚睡时，被窝太冷，她已经用腿脚给我们暖了好一阵子被窝。瞬间，我想起了小时候的冬天，每天早上起床，奶奶都会把我和妹妹的棉衣放到锅灶火上烤一烤，我们穿衣服时就会感到暖暖的。奶奶竟然采用类似的方式一直把我们从儿时关爱到如今啊！

此时此刻，我和妻都抑制不住流出了眼泪。奶奶已经80多岁高龄，她的身体还能释放出多少热量呢？面对寒冷的天气，她担心孙子和孙媳睡觉的时候被窝太冷，就默默地用自己已经释放不出多少热量的腿脚为我们暖被窝，可见，她疼爱孙子、孙媳的那份情意是多么真切和朴素。那一刻，我的身体和心底都感觉到暖烘烘的。奶奶疼爱了我们一辈子，到了这个岁数，自理能力越来越差，可还是想竭力帮我们做点事情，这是多么朴素而伟大的一种爱啊！

奶奶去世已经快两年了，但是，不管什么时候，只要想起奶奶为我们暖被窝的情景，我就会热泪盈眶。奶奶一辈子疼爱孙子，到了耄耋之年，为儿孙做不了多少事了，却以一个不经意的举动传递出了对孙儿的千般呵护和万般疼爱，这是人间何等至纯至真至善的一种情感啊！

奶奶永远离开了我们，但是奶奶必将永远活在我们心中。今后，我们悼念奶奶，最应该做的就是把奶奶的优秀品质和无私情怀继承好、发扬好，一代一代地传承下去，使这种美好的家风在后辈人中开花结果。

2014 年 5 月 11 日

四奶奶

爷爷有弟兄四个，前年，四爷爷和奶奶相继去世，这样一来，爷爷奶奶那一辈人中，健在的老人只有四奶奶了。四奶奶今年78岁，据推算应该出生在1936年。

四爷爷一生都在铁路系统工作。四奶奶出身农村，嫁给四爷爷后，按照国家的政策，随四爷爷把户口迁出农村，开始了全职家属的生活，同时迁出去的还有两个堂姑姑。

四奶奶的性格很开朗，爱说爱笑，总是能在很短的时间内与别人拉近距离，消除生疏感。四奶奶的外向性格恰好与四爷爷的内向性格形成了高度互补。四爷爷为人善良本分，对工作从来都是严谨细致、一丝不苟。四爷爷在世的时候，一直教导我们，要珍惜来之不易的幸福生活，感谢共产党和毛主席，要不是他们，我们家就过不上如今的幸福生活。

当年，爷爷辈的弟兄们从来没有分过家。四奶奶嫁给四爷爷后，兄弟妯娌齐心协力、分工协作，共同过着一个大家庭的日子。曾祖母有四个儿子，有个女儿十几岁时殁了，她把儿媳妇们当女儿看待，特别疼爱四奶奶这个小媳妇。四奶奶也很孝敬曾祖母，从心底里把曾祖母当母亲看待，婆媳关系非常融洽。

四奶奶生育过三个孩子，两个女孩、一个男孩。两个女孩大点，男孩最小。按照传统观念，生养男孩是许多家庭的梦想。四奶奶在生育了两个女孩之后，第三个生下男孩子也是一件喜事。但是，天有不测风云，男孩15岁那年，患了白血病，后来不幸夭折，使四爷爷和四奶奶经历了中年丧子的痛楚。那时候，在农村老家，大家都很替四爷爷担心，因为在人生遇到这么重大的变故时，四爷爷能不能迈过这道坎是个问题，四奶奶的性格开朗，可能会相对好点。

四爷爷的孩子比我只大两岁，但是按照辈分他是我的堂叔父。那是1981年，他在新疆患了病，在确诊之后，进行了半年多的治疗。那时候，白血病是不治之症，日本电视剧《血疑》中的主人公大岛幸子患的就是这个病。小堂叔起初是在乌鲁木齐治病，那个阶段是四爷爷和四奶奶最难熬的一个时期，持续多半年的治疗竟然看不到小堂叔病情的好转，加之大夫对病情的客观认识，爷爷最后决定，把小堂叔带回老家来治疗，那样的话，可以缓解四爷爷和四奶奶的压力，不至于把他们的身体拖垮。

小堂叔回到老家几个月，在进行了多种方案的治疗之后，最终还是被疾病夺去了年轻的生命。这个时候，四爷爷和四奶奶都没有在身边，只有大点的堂姑看着家里大人把小堂叔安葬在了曾祖母的坟墓旁。四爷爷和四奶奶与儿子分别之后，再也没能有机会看儿子一眼，这已经成为留在他们心底难以愈合的创伤。有一年，爷爷病重，四爷爷和四奶奶回老家来探望，四奶奶曾经到坟地去给曾祖母烧纸，当然也顺道看望了已经长眠的儿子。那天四奶奶一到坟地就号啕大哭，任凭其他人怎么劝都无济于事。老家似乎也成了最让四奶奶揪心的地方，自那以后她就再也没有回来过。

2014年5月23日晚上，四奶奶在两个堂姑的陪同下，再次从乌鲁木齐乘飞机回到西安。那天晚上我是冒着倾盆大雨去机场接的她老人家。我知道，四奶奶已经接近80岁高龄，她这次回老家很可能是人生最后一次了，以后再回来的可能性非常小。四奶奶依然是那么精神，依然是那么健谈，除了听力反应稍微有点迟钝之外，其他方面都还算比较好。利用周末，我驾着车拉着四奶奶回老家转了转，到我工作生活的地方看了看，她见了许多晚辈和熟人，并与年龄大的亲朋好友叙旧，了解晚辈过日子的情况。四奶奶对老家的发展感到很欣慰。

四奶奶在西安还要住几天，然后返回乌鲁木齐，这次大概也是她老人家对故乡的最后一次探望。四爷爷去世之后，两个堂姑已经在乌鲁木齐的西山陵园给他们买了墓地，四爷爷已经长眠在那里，四奶奶将来肯定要去陪伴四爷爷。所以，这次回老家，对于四奶奶和我们所有晚辈后代都是值得记忆和载入家史的，因为四奶奶以后再回来的可能性只会越来越小。

四奶奶目前是我们家族健在的老人中辈分最高、年龄最长的一位，我真想陪伴她老人家多游玩几天，多看一些地方。可是由于工作比较忙碌，我无法抽出更多的时间，对此感到十分遗憾。但愿四奶奶这次短暂的回乡旅程能够收获到不一样的精神愉悦，也衷心盼望和祝福她老人家健康长寿！

2014 年 9 月 28 日

我家的山羊

我家养了一只山羊。看到山羊，我就想起了去世快一年的爷爷。

从我记事起，我家好像一共养过4只山羊，都是爷爷主张养的。养山羊，不需要太多的成本。山羊以食草为主，夏秋两季，遍地的野草是它最好的食物。早上，把山羊牵出去，找片没有庄稼的草地或者是路边田头的荒草丛，揳上个橛子，把山羊拴在那儿，山羊便会安静地吃上一天。黄昏，把山羊再牵回来，山羊的肚子便鼓圆鼓圆的，橛子周围一大片的草只剩下贴着地皮的一短截。冬春两季，晒干的玉米秆和树叶干草就成了山羊最好的主食，剩下的就是给山羊定时饮水的事了。洗过锅碗的泔水，加点麸皮，是山羊最好的汤。

饲养山羊简单、省心，而养山羊的好处却很多。羊粪是上等的肥料，产的崽还可以卖点钱贴补家用，最重要的是产过崽的母山羊有两三个月的产奶期。在农村，一般人家除了维持生计，手头很少有余钱，自家养山羊产的奶，便是上好的营养品。如果家里有个病人或者是小孩、老人，养山羊是最划算的。

父亲自小身体不好，成年后也没有多大改观，平日干农活体力不济，便不太利索，总是拖泥带水。爷爷呢，急性子，干活麻利，看不惯的事非说出来不可。人常说：江山易改，禀性难移。爷爷正是这样的人。父子俩迥异的脾性，使父亲经常受到爷爷的训斥，直到我们孙子辈都长大成人，娶了妻、生了子，依然那样。但是，我们深知爷爷对父亲的斥责里蕴含着浓厚而凝重的情意。

大概1997年春天吧，父亲的身体一度很差，爷爷没说什么，只是默默忙碌着家里的事情，似乎操的心更多了。忽一日，他买回来一只山羊羔，给它搭了舍、围了圈，除了他自己悉心饲养外，还叮嘱家里所有的人都要精心看护。一个春天，爷爷把精力都用在了那只小山羊身上，朝出夕归，从不间断。就在他出远门到姑姑家去的时候，还反复叮咛母亲要把山羊喂好，待生崽后好让父亲喝羊奶补养身体。谁曾想到，此一去爷爷就病倒在了姑姑那儿，经查爷爷患的是癌。

现在回过头再想，我家养过的山羊都是为人而养的。太奶奶年岁大了，滋补身体的主要是山羊奶；四奶奶病了，恢复阶段的营养品也是山羊奶；三婶动手术期间，平时坚持每天喝两碗山羊奶；姑姑的小孩没奶吃，靠的还是山羊奶喂养。但是，爷爷却从来不喝山羊奶。

爷爷去世了，我常常想起他。特别是当我看见家里那只山羊，看着父亲的身子骨日益硬朗，总不由自主地伤心，思念可亲可敬的爷爷。

爷爷的一生，多的是奉献，少的是索取，这不正是山羊的精神吗？爷爷一生与山羊有难解的情结，我也会像山羊那样，珍惜自己的生活，做爷爷的好孙子。

载 1999 年 5 月 20 日《澄合矿工报》

八爷和大伯

那年夏天，我到外地出了趟差，回来时，听说本家的两个长辈先后去世，心中不由得生出许多遗憾。

我出生在一个比较大的宗族，没有出"五服"的本家就有40多口人。这两个长辈都是"五服"内的长辈，一个患的是胃癌，去世时仅有六十五六岁；一个是因为眼疾，享年72岁。所幸的是，就在我出差前，得知他们病倒的消息后，曾专程看望了他们。

我去时，八爷瘦得皮包骨头，大伯面色灰白，眼睛已经看不见东西。当我去看他们时，他俩都非常激动，问我妻儿的生活情况，嘱咐我好好干工作，还互相打听对方的病情。

这两个长辈一个是爷爷的堂兄弟八爷，其实这个八爷的称呼我是从来没有叫过的，我们习惯的叫法是在其小名后加上爷字，便唤作"庄爷"，大概是他是爷辈中最小的兄弟的缘故吧。他的年龄比大伯还要小七八岁。大伯这个称呼我们也没有叫过，因为按照我们老家的习俗，把父亲的哥哥或堂哥是唤作"爹"的，我们早已习惯了这种叫法。之所以要把"庄爷"改叫作"八爷"，把"爹"改叫作"大伯"，一方面是避长辈的讳，另一方面更是为了符合较为规范的称呼习惯而已。

曾祖父共有弟兄四个，曾祖父排行第三，大伯的爷爷排行第二，八爷的父亲最小。兄弟们分家后，曾祖父和他大哥、四弟（八爷的父亲）住在一个院子，日子过得艰难；曾祖父的二哥（大伯的爷爷）独门独院，日子过得相对宽松。兄弟妯娌们尽管分锅另灶，但低头不见抬头见，为了生计，也就免不了生出是是非非，不是今天你抽鼻子瞪眼，就是明天他风言风语。

迁移后，其他兄弟们再没有在一起住，八爷和大伯家仍做邻居。八爷幼年没了母亲，靠几个姐姐和堂兄嫂养活长大成人，后来娶妻生子，共有三个儿子。他想事情处理问题好像总与别人不一样，而且比较固执。大伯是个文化人，念过书，做过教师，当过校长，写字绘画样样精通，平时还能给乡里乡亲医治个头疼脑热的，他的针灸术在方圆几里也小有名气。大伯家的日子在众兄弟中过得比较好，在他身上也就时不时流露出一种优越感，说话做事也就多了几分自信。大概是受老辈人的影响吧，八爷和大伯间平时仍少不了一些磕磕碰碰。我总觉得，八爷和大伯之间长期以来心里一直有疙瘩，大伯的自信八爷看不惯，八爷的自负大伯更是瞧不上眼，爷儿俩谁也不服谁，他们似乎在争着什么。

八爷和大伯都走了，八爷带走了他的忧郁和固执，大伯带走了他的才气和自信。爷儿俩相跟着，是否到阴间仍会为那些说不清道不明的东西怄气或斗心眼呢？

我想，肯定再不会了，因为去世人的一切全靠活着的人来孝敬，他们再没有必要自己去劳神费事争物质上或精神上的任何东西了，也再没有啥气要去怄了。

载 2002 年 4 月 11 日《澄合矿工报》

父亲

　　父亲生于1942年农历五月，卒于2007年农历十一月，享年66岁。父亲身高一米八三，是村上有名的大个子。父亲是在华阴县三阳乡三阳村卫家城子出生的，他的青少年时期在原籍度过。

　　1959年，三门峡库区移民迁移的时候，通过火车、马车等辗转把柜子、箱子、饭桌等笨重家具运送到安置地。父亲挑着一副担子，一头挑着外祖母赠送的一个炕头柜，一头挑着一些零碎生活物件，陪着曾祖父和曾祖母，一步一步地从华阴原籍跋涉到蒲城县贾曲乡南贾曲村这个新安置地。迁移的时候父亲才十六七岁，正是长身体的时候，可是却遇到了人生仅有的一次大迁徙，也使父亲有机会陪着曾祖们用脚步丈量了那段非常艰辛的人生历程。

　　父亲到了新安置地不久，就遇到国家大搞三线建设。父亲响应号召，与村中许多青年人一起去了青海西宁支援三线建设。年轻时父亲体质较差，那个时候大概是1964年前后，国家的经济状况不太好，加之当时要给苏联还债，支援三线建设的人员在青海的日子过得非常困苦。许多与父亲一同去的青年人工作了一个时期之后，因受不了那份苦，都相继返回家乡。父亲出去多半年之后回家探亲，曾祖父、曾祖母看着孙子变脸失形的样子，非常心疼，就拦住父亲不让再去青海，甚至连留在青海的铺盖都不要了。自此父亲就回乡务农，再也没有离开过新安置地。

父亲一辈子当农民，他有个特长，珠算比较好，毛笔字也写得端庄秀丽。生产队的时候，他曾经当过队长、会计，还参加过集体的农建连，给农建连管理伙食。改革开放以后，父亲和母亲承包了五六亩土地，后来逐渐增加到十二三亩，40岁以后的父亲，把主要精力都集中在他所承包的那10多亩土地上，这也是他和母亲以及我们兄妹赖以生存的基本生活资料的来源。

在新安置地，父亲翻修过一次房子。1987年以前，我们家住的是公社按照政策规定统一给移民修建的房子，土木结构，低矮、间口小。改革开放以后，父亲把有限的积蓄全部用在了翻修已经居住了近30年的移民安置房上。拆掉旧房，重新盖了6间厦房、3间灶房，还有前后门房。那时候，蒲城县已经有部分地区的移民闹着要返库，父亲却声称，他不返库，主要原因是华阴祖籍地遇到阴雨天，村边的河流就会涨水，男子都要出去护堤，别奢望能睡上个囫囵觉。哪像新安置地，越是下雨天，越是睡觉休息的最佳时机，真有一种高枕无忧的惬意。

父亲的特点是勤劳、善良、质朴、耿直，能吃苦，对生活的要求不高。父亲一辈子都很爱惜粮食，他受过罪、饿过肚子，所以对粮食的爱惜已经到了十分苛刻的地步。父亲吃饭时总会把掉在饭桌上的饭粒、馍花和菜渣捡起来吃掉，吃蒸红薯的时候从来都舍不得剥皮。小时候，父亲对我们兄妹几个要求比较严厉，尽管他不会讲多深的道理，但是，他会把做人做事的基本礼数和起码规矩强加给我们。比如，村上来了收破烂的，我们别想能把家里的破鞋、烂帽子拿出去换点什么；邻居亲戚家有个红白喜事，更别奢望父母会领着我们去打个牙祭；我们与邻里孩子发生矛盾和争执，也别指望父亲会向着我们，挨训甚至被打屁股的常常是我们。父亲从小就培养我们爱劳动、爱学习、勤俭节约的好习惯，农村零碎活多，有什么活就得干什么，我们小小年纪就要割猪草、干家务，帮大人给猪圈拉土，给地里拉粪，到田野里锄地、拔苗、锄草、施肥、喷洒农药，这些甚至成了我们放学后的主要任务。

父亲对于我们上学还算比较重视，经常抽时间过问作业完成情况和学习成绩，他还经常教我打算盘，练习写毛笔字，大概是因为时间的缘故，总体上坚持得不是很好。那时候，农村吃水主要是井水，每天下午或者清晨，父亲都要把家里一口大水缸和牲口圈门口的小水缸挑得满满的，这样才能保证一家人和牲口第二天的生活用水。过去，面粉要靠自己磨，隔上十天半个月，家里就要磨一次面。每次磨面前都要淘洗麦子，都要挑水，都要摆出陶瓷盆，铺开席子，把麦子在瓷盆里先后淘洗两遍，然后倒在席子上在阳光下晾晒，拣去碎瓦砾和石子，才装入袋子拉去磨面。如果磨面不及时，就会影响一家人吃饭。过去，邻里之间相互借点面粉是很正常的事情，因为那时面粉不像现在能随时用麦子换回来，把麦子磨成面粉前的许多道烦琐工序都必须在家里手工完成。如果遇到连阴雨天，倘若家中碰巧没有了面粉，不相互借点的话就会断顿。

父亲到了老年，基本上就是守着他那十几亩土地过日子。那时候，家里只剩下他和母亲两个人，一天忙忙碌碌过得有滋有味。家里有2亩多梨园，每年冬季，父亲都会把梨园深翻一遍，把后院沼气池的沼液和茅厕的大粪挑到果园，施灌到每棵梨树根下。不管啥时候，梨园总被父亲收拾得干干净净，一点杂草和枯枝都没有。另外八九亩地，父亲每年还要种两料庄稼，秋季种麦子，次年6月份收了麦子后种玉米，从不间断。在父亲去世前的几年，棉花的售价比较好，父亲和母亲每年还要种三四亩棉花，每亩土地的收入基本上都在千元以上。父亲一辈子靠土地吃饭，一辈子辛苦劳作，一辈子任劳任怨，从来不曾离开过养育他并被他深爱着的土地。

父亲去世得很突然，他是因为患有高血压，不慎摔倒头部触地而去世的。那年冬季，本是个农闲季节，那几天母亲反复抱怨，前门房的屋面上堆积着邻居家一棵泡桐落下的枯叶，每天早晨扫完庭院，稍微有点风，屋面的枯叶时不时就会飘落到院子，如果不及时清扫，庭院就总会落一些枯叶。有天早上，父亲搬来吃饭的方桌，并在上面摞了个方凳，准备站上去清扫前门房屋面的落叶。在他扶着墙壁攀登桌凳时，不料高血压病发作，致使他从桌面上滑下栽倒，后来据医生诊断是头颅大面积出血。父亲临走时，没有留下一句话，只是不由自主地喊了一声"妈呀……"，就永远地闭上了眼睛，再也没有醒过来。

父亲已经去世7年多了，每每想起父亲，我就会泪流满面。父亲在世时，没有跟我们儿女享过多少福，去世时也没有给我们增添一丁点麻烦，突然间就那么走了。过去我经常想，等我把事干成了、日子过好了，再好好孝敬父亲，岂料当真应验了"子欲孝而亲不待"这句老话。父亲是个知足常乐的人，本来对生活的要求就不高，去世前那几年家中的生活条件一天天改善，他已经感到十分满意，因此，还时不时在邻居朋友面前流露出少有的自豪和满足。

父亲去了，但他的音容笑貌却常常浮现在我的脑海中，父亲永远活在我的心中！

2014 年 2 月 19 日

岳父母

　　岳父母住在一个小镇上，他们住着一个关中农村比较传统的小院子，院子坐北向南。过去房子是左右两边盖着的，岳父堂兄弟俩分着住在院子两边，一人半个院子、半边房屋。后来，岳父的堂哥把家搬到了西安城，岳父就把那半边院子买了过来，拆了旧房子，空出半边院子，再翻修了原来两家共有的门房，总算把祖上留下的基业守住了。

　　岳父年轻时候在河北承德工作，过了好多年单身生活，后来千方百计调回了家乡。在承德工作期间，岳父是一家的脊梁，上有老、下有小，但是，他却不能侍奉在二老身边，更无法切实承担起养儿育女的职责，家庭的重担只能悉数落在岳母一个人肩上。那是个典型的"一头沉"家庭。正因为这样，岳父才铁了心地从河北承德调回到家乡当地，这样一来，他在工作之余就能够照顾上一家老小了。

　　岳父母养育了三个孩子，岳父对孩子从小要求就很严格。他每每从单位回来，不是让孩子干家务活，就是领着孩子去自留地劳动，而且对孩子很严厉，妻兄妹三个都比较怕他。岳父从承德调回来之后，在当地县城工作，周末总能回家，妻他们几个就要多受几分约束和管制，也就少了开心和快乐。幼小的妻哥甚至曾经天真地对岳母说，让岳父把带回家的好吃的东西放下就走。可见尚还幼小的妻兄妹几个是不太亲近岳父的，主要是他

197

的严厉要求让妻兄妹几个备感压力。

岳父退休后，就住到了老家。他一辈子真算得上是两袖清风。除抚养了老小几口人、供了三个孩子上学之外，再就是维持着一个普通农家的日子平铺直叙地向前过着。三个孩子通过自身的努力，先后考取了大中专院校。在计划经济年代，国家补助得相对多一些，妻兄妹三个都顺利完成了学业，并参加了工作。岳父过去上学时学的是工业与民用建筑专业，一辈子大多数时间从事规划设计和工程管理等工作，可是，他却没有在县城给自己和孩子们置办下一份产业。特别是改革开放初期，干国家事的许多人都千方百计在城里买庄基、建房子，可他作为从事这方面专业的工程技术人员，却没能设法在城里置办下哪怕是一块儿宅基地。这在当时，简直是件令人难以想象的事情。

岳父母居住在农村的半边旧房子中。平时，他们对旧房子及时修补，及时除尘，使四五间已经有了上百年历史的老房子保持着洁净明亮、完好无损。进了那个院子，根本看不出那房子已经历尽沧桑。在另外空出来的半边院子中，他们开垦出了一小片地，种了花草，栽了果树，养了小狗，大部分仍然是青砖铺就的地面，闲暇时便可以活动活动筋骨，侍弄侍弄花草。他们养的花和栽的树，也不怎么名贵，有虎尾兰、仙人球，还有石榴、核桃、无花果、凤尾竹和芭蕉树等。花草树木名贵不名贵不重要，重要的是岳父母在侍弄花草树木的过程中能够活动活动筋骨。

后院里，同样开垦出席子大小的一片空地。在这块土地里，他们种了青菜、辣椒、芫荽、茄子、西红柿和南瓜之类，平时很方便就能采摘到新鲜蔬菜，收获劳作成果。我想，对他们来讲，收获已经不重要了，重要的是干活的过程。到了这个阶段，人们就应该逆着习惯和传统思维来行事，最好把一辈子都实践着的事半功倍的追求理念倒过来，追求事倍功半，或者干脆就追求事倍功无！这个时候，付不付出劳动很重要，有没有收获已经无所谓！他们在劳作过程中充实了自我，活动了筋骨，这才是最重要的收获。当然，如果还能有点收成，自己的劳动所得自己享用，那就是更令人惬意的事情了！

后院的照壁背后有一棵枣树。今年的气候比较干旱，枣长得不错，此前他们已经打过几次，目前，侧面几根比较高的枝条上还剩下不少，大多数已经透出了红色。我去了以后，就找来一个长竹竿，站在捶布石上击打那几根侧枝，每击打一下，又圆又大的红枣就噼里啪啦落在地上。生了虫子的枣，落地时"啪"的一声，便成了浆糊状。树上大多数红枣被我打了下来，只剩下几个，还在那里昂着头，骄傲地摇头晃脑。我也累了，再想，也应该给枣树留下几个娃娃，免得影响来年挂果，农村是有这个习惯的。地上落了厚厚的一层红枣，妻竟然捡拾了满满一搪瓷盆。看着这些丰收的果实，真是令人高兴！

岳父在岗位时，工作干得认真，日子过得紧巴。退休之后，孩子们都成家立业，妻哥和妻弟各自在渭南买了房子，我们也在当地和西安买了房子，日子都还过得比较称心。岳父领着退休工资，花钱的地方也不多，手头再不像过去那么紧巴，日子也过得充实、恬淡、闲适。客观地讲，岳父母的人生尽管很平凡，但是也算很成功，作为普通人能够拥有这么圆满的人生收官阶段已经着实不容易。

我告诉妻，等将来我们退休了，也要找个地方，去过类似的生活。这种生活有一点不太好，那就是与工作时期的老同学、老同事交流见面的机会太少，时间久了，交往的圈子会越来越窄。不过，岳父是个比较孤傲的人，也不太喜欢社交，这种生活于他来讲是比较适合的。

2008 年 9 月 15 日撰稿

2014 年 7 月 22 日修改

舅舅

舅舅比我大9岁。他是个农民，是外公外婆的小儿子。舅舅在外公去世以前，基本上生活在长者的呵护之下，根本没有担过沉。外公去世之后，舅舅就像变了个人似的，很快就挑起了家庭的重担，继而成为方圆几里比较能干的人。

舅舅有两个儿子，一个正在上大学，一个在家里做建筑工。做建筑工的在农村，是老大；上大学的还不知道将来能找个什么工作，是老二。

舅舅尽管是农民，但他有许多优点，我从心底比较佩服舅舅。其一，舅舅头脑很清晰，一般情况下他能抓住事物的本质，把问题看得很透彻。他曾说，他把人分为两类，一类是刁手人，一类是厚道人。他喜欢与厚道人打交道，觉得与厚道人打交道心里踏实，他自己为人处世也非常厚道。但是，他也不怕与刁手人打交道，凡事不得已非要与刁手人打交道的话，一般情况下，刁手人也别想轻易占上便宜。其二，舅舅非常能吃苦。他成天说自己是庄稼汉，如果再不能吃苦，还靠什么在这个世界上立足呢？所以，对舅舅来讲时间千真万确就是金钱。他没有工资可领取，可他那个家的每一分开支都得他靠力气去挣。正因为有这么大的压力，所以舅舅从来不吝啬劳作，成天起早贪黑，不管是干田里的活，抑或做木工活，总想把一天当作两天去用。他曾经来过妻的学校一次，感慨地说，他非常羡慕那些老师，特别是那些年轻的女孩子，因为她们平时上课不上课，总有工资可领取，总有吃饭的钱，多么幸福呀！其三，舅舅解决问题的办法很多，而且很简单，效果比较好。他曾给我谈过一些很朴实且非常有哲理的观点，对我的启发很大。他说过，人生是要有事业的，年轻时候就奔事，真正没有了希望时再给家里做点实事。他还说，本分人不会走捷径，靠老老实实地想干出点名堂，不容易！他还说，他下苦挣钱，要挣到明处，要能摆放到桌面上，他从来不挣昧良心的钱。舅舅说过一句非常经典的话：人这一辈子，今天不可能把明天的事情都干完，如果想通过今天的辛苦，而把以后的无论什么事都做到头，那是不可能的，未来必定有未来要面对的事情。他还说，他就是个农民，能把那个家经管好，把老的小的养活了，就知足了，也没有更大的奢望。从这些话语中，就能体会到舅舅对自己的定位是多么准确。

舅舅目前的负担很重，上有老人要抚养，下有一个儿子要上大学，还有一个儿子要娶媳妇。每一项每一桩都需要花钱解决问题，钱从哪里来？都需要舅舅用聪明才智和劳动去换取。舅舅这个人还有个特点，特别好面子，特别硬气，一般情况下不愿意让别人同情他，不喜欢沾别人的光，更不愿意向别人低头乞求什么。对于一个普通农民，现在要供养一个大学生，把全家一年到头的血汗钱都搭上，也不一定能保证孩子的正常开销。可是，最近几年，舅舅不但把农村家里经管得井井有条，而且也没让上大学的表弟因为钱而受过委屈作过难。现在，只有一件事情让舅舅十分头痛，就是在农村的大表弟还没有找到对象。这大概与农村的许多女孩子更愿意嫁到城镇去有很大关系。

舅舅是个能干的农民。一个人可以没有文凭，但没有文化不行。文化是什么呢？文化是一个人对社会的理解，对生活的理解，对传统的理解，对道德规范的理解，对人际关系本质的理解，对人生价值的理解，对各种矛盾关系的理解，就是一个人如何看待世界、如何看待人与人之间的关系、如何看待人生，继而在社会上找准位置，较好地掌控命运，游刃有余地处理生活中遇到的各种矛盾和问题的综合素质和能力。我觉得，舅舅尽管没有上过几天学，没有掌握多少自然和社会知识，但舅舅是个有文化的人。

我很佩服舅舅，也十分尊敬他。有时候回老家，邻居们经常夸赞，舅舅非常孝敬外婆，非常尊重我的母亲——他的大姐。每每这时，我总是不由得就被感动着。这就是乐于和善于吃苦的舅舅，也是恪守孝悌美德的舅舅，更是积极进取、勇于向上攀登的舅舅。我在心底祝福舅舅家的日子一天比一天好，一年比一年红火。

2008 年 6 月 9 日

干爹妈

出生以后，我的身子骨比较瘦弱，农村人讲究认门干亲，有利于驱邪避灾和以后的健康成长。满月的时候，奶奶第一次抱着我走出家门，在场院里碰到了以后的干爹，奶奶就把带在我身上的一个特制花馍送给了他，表达了欲结干亲的愿望。在农村，这样做就是在走"碰干亲"的程序。如果对方同意认亲，就会给回话；如果不同意，就会象征性地回赠给我三五毛钱的满月礼金。

过了许久，干爹的大嫂子来找奶奶，打问结干亲的事能不能定下来。奶奶说，只要他们同意，这个干亲就结了。此后，我每年都要去干爹妈家拜年，夏收后还要去看忙罢。起初，是母亲带着我去，等我一天天长大了，我仍习惯和愿意母亲带着我去。父亲很生气，就严厉地强迫我独自去。那时候去干爹妈家真是很无奈很别扭的事情，简直就是活受罪。更让父母着急的是，我都快长到10岁了，竟然不愿开口叫干爹干妈一声，父母为此没有少责备我。但是，叫与不叫，干爹每年春节都会给我发1角或者2角的压岁钱。

在周围舆论的影响下，加上我一天一天地懂事了，也不知道从什么时候开始，就慢慢叫起干爹干妈了，只是记得第一次开口的时候实在是尴尬。但当跨过这第一道坎之后，再叫起来就自如多了。

按照农村的习俗，和干爹妈家做亲戚，就要一年两次去给他们拜年、看忙罢。12岁之前去时，我除了给他们带糕点和花馍（油包子），去拜年时还要戴上具有象征意义的缰绳。那个缰绳是用红布缝制而成，实际就是红布做成的项圈。它是以红布缝制成长条，在两个端头包缝两寸长的蓝布套，然后围成半闭合状，可以戴在脖子上，垂吊在胸前的接头处还悬挂着一个如意结样式的铜牌，铜牌上穿绑着旧时的铜钱。从认了干亲那年开始，去干爹妈家拜年的时候，干妈都要在缰绳外面新缝制一层红布，并添加一枚铜钱。这样，缰绳就越来越粗，铜钱也越来越多。直到我12岁，父母邀来亲朋吃顿便饭，就算举行了完灯仪式，此后再去干爹妈家拜年就不再戴那个缰绳了。

因为老家翻修房子，也搬了几次家，那个干妈坚持缝制了多年的缰绳，后来就没有了下落。现在想起来感觉还挺有纪念意义的，因为在那个缰绳中凝结着干爹妈对我健康成长的深切祝福和良好祝愿。

和妻成家之后，再给干爹妈拜年时就带着妻；生了子之后，就又多了儿子。按照习俗，只有这样才能体现出对二老的无比尊敬。特别是在我从农村走出来之后，有时候因为工作忙，逢年过节回不了老家，也要委托父母和弟弟妹妹他们去干爹妈家拜年、走动，生怕因为走动不及时，使他们受了冷落。直到现在，在我们春节拜年的亲戚中，干爹妈都是最重要的对象之一。

有一年，干爹央求我办一件事，我却没能帮他办到，感到非常遗憾。干爹的大孙子有驾照、会开车，曾经在青海西宁开过几年出租车。但那份工作毕竟不稳定，也算不上正式工作，他希望我能帮他孙子在单位找一份当驾驶员的正式工作。干爹轻易给我不开口，开了口，我却没有能力帮他办。当时，我觉得很尴尬，也不便当面回绝干爹，就表示如果有机会的话我会努力。可是，我哪会有那样的机会呢？把一个农民安排到一个单位当驾驶员，那根本不是我能力范围内的事情，我有苦也说不出。后来我给干爹做了解释，干爹仍说有机会的话帮帮孩子。

昨天，干爹过70岁寿辰，此前干哥专门打来电话通知我。我给干爹做了块牌匾，上面镶嵌了一个金光闪闪的大"寿"字，旁边写了两行字：勤俭持家到小康，松鹤福寿比海山。而且，按照农村的礼仪，我和妻给干爹妈下了跪、磕了头，并祝福他们健康幸福、长寿百岁。干爹干妈很激动，两个老人都流下了眼泪。

我是从农村长大的，不管走到哪里，都比较遵守农村的一些风俗习惯。这次回去给干爹拜寿，又一次感受到了家乡人的亲情，我很喜欢这种自然、朴实、浓郁的亲情。其实，加强社会主义精神文明建设和进行新农村建设，一些传统的健康的风俗习惯还是需要进一步传承的。比如给老人过寿辰，就有利于尊老爱幼风气的形成。干哥借着给干爹过寿的机会，安排了一些仪式，也是恰到好处的，既赢得了干爹干妈的满心欢喜，也教育了后代晚辈，收效是难以估量的！

此生能拥有干爹妈，也是我与两位老人的不解之缘。尽管作为亲戚，形式上的来往多于居家过日子般的休戚与共，但是，干爹妈所给予我的关爱和呵护也是无比珍贵的，我潜意识中总觉得干爹妈为我的健康成长和安度人生起到了难以言表的护佑作用。随着年岁的变老，我会更加珍视与干爹妈所建立起的这份亲情，但愿干爹不要因为我没能帮助他的孙儿找到一份满意的工作而埋怨我！

2008 年 9 月 23 日

亲人的情

8月下旬的一天，还是黎明，渭北的一个小村庄里，有一家已经灯火通明，家里人都在紧张地忙碌着。

原来，这家的儿子就要踏上人生的旅程，奔赴工作岗位了。

第一次远离家门，赶往人地两生的单位报到，对我来说确实是不愿意的。那儿的人好吗？那儿的工作顺心吗？许多问题萦绕在我的心头。

经过几次换乘，我才坐上最后一程去单位的班车。汽车在山路上颠簸着，我趴在车窗上，凝着眉，打量着这个陌生的地方。纵横交错的土山梁，蜿蜒盘旋的山路，干燥、凛冽袭扰着我。远处，灰黄的沟壑上零星地点缀着些绿色，泛着黄、透着黑，偶尔一个大煤堆——不，可以说是煤山，我没有见过这样的大煤堆。太闷了，我闭了眼，寻觅着我记忆中的乡情、亲情……

迎接我的是领导们热情的话语、亲切的问候。同事们给我临时凑了饭票，找来了碗筷，很方便就吃上了热汤热饭；安排了住处，腾出了校长办公室让我临时歇脚，接着，又给我调剂宿舍，拾掇被损坏的门窗、桌凳。老同志杨昭春更是像个长辈似的和我拉家常，专找我感兴趣的话题谈，消除我心中的不快，逗我高兴。

我忘记了孤单，心中的冰霜融化了，领导们不是亲人吗？还有学生们，一张张幼稚的面孔上，缀着一双双机灵好奇的眼睛，静静地倾听着我的讲解，聆听着我的话语。我释然了，被他们的神情，被他们一双双乌黑的大眼睛打动了。

夜里，我梦见父亲、母亲在和我一块儿吃饺子，兄弟姐妹们争抢着我胸前佩戴的大红花。

载 1987 年 10 月 25 日《澄合矿工报》

妻

家有贤妻，很是欣慰。

妻和我谈对象时，她家里反对，若不是她执拗，恐怕我娶不到她。我清楚，出身农村、中师毕业、没房没钱是自己的缺陷。妻认死理，最终还是成了我的妻。

我爱妻，仅凭她相中我就足够了。这爱是春蕾初绽，是陈年老酿；这爱是信任，是希望，是寄托，是关心，是永远的奉献；这爱是一生一世的牵系，更是坎坎坷坷的相依。

妻嫁给我后的生活很艰难。我俩工资低，还有别的少不了的用场，成天总是缺钱。妻极少添置衣服，平时穿的多是学生时的衣衫；妻吃得极差，平时除主食外，几乎没有副食，碗盘里常年是土豆丝、大白菜之类。妻怀了孩子后，我们更是拮据。后来，孩子体质差，妻说怨我，孩子在她肚子里时就知道老爸没钱，也从不为难我。妻日常用品极简单，洗发液、护肤霜、洗衣粉、香皂等都是挑了再挑的便宜货。虽然日子艰难，但我与妻恩恩爱爱，小家暖意融融。

我从农村出来，对自己干的事很珍惜。妻深知这一点，因此她也吃了好多苦。平时，她接送孩子上学，洗衣、做饭……我几乎是甩手掌柜，下了班吃现成的，脱了脏衣服换干净的衣服；只要单位有事，随叫随走，加班延点是常有的事，有时回家迟了，她总是耐心地在灯下边织毛衣边等待。妻勤快、麻利，总是把屋子收拾得井井有条、窗明几净，回家后总能使人有一份好心情。家虽小，却是我心的归宿。

妻操持着家，日子也慢慢地好起来，我想以后还会更好。

妻是家，家是妻。我爱家，我爱妻。

载 1997 年 3 月 13 日《澄合矿工报》

兄弟姐妹三个都成了家

父母有三子，两男一女，我长，妹次，还有小弟。父母都是农民，拉扯我们三个挨身儿女不容易。特别是在吃大锅饭那年月，凭挣工分分粮食，我家劳力少人口多，本分的父母面朝黄土背朝天，顶酷暑冒严寒，好不容易才使我们填饱肚子，还支撑着供我们读书上学。

父母养活我们难，自小我们就看在眼里，小小年纪就知道替父母着想，为他们分忧，不惹他们生气。左邻右舍都夸父母好命，养了我们几个好儿女。

农村实行联产承包责任制后，田里的活更多了。父母人到中年，上有老下有小，担子更沉了。加上多年劳累积下的病，干活下苦大还做不应手。庄稼做得不如人，收成不好，日子更不好过。

初中毕业时，我以全校第一名的优异成绩被一所师范学校录取。在那个时候只有抓住现成机会，先成为公家人再说。我暗下决心，以后不能再指靠父母了。那年我刚16岁。学校的学习是艰苦的，自己家境不好，遇到花钱的事总是绕着走。别的同学穿时髦衣服，赶潮流消费，过生日互赠礼品，结伴外出旅游。我压抑着自己满腔的热情，默默地忍受着寂寞，不断地在知识的海洋里吮吸营养，凭着有限的助学金，维持着自己的生活。漫漫三年后，我以较好的学业成绩，接受了学校的统一分配。毕业后，我谈了对象，她是我的同学，她说不图我别的什么，只图我这个人。后来，我们成了家、生了子，日子过得清爽和睦。谈及这个话题，母亲总是乐得合不拢嘴。她总给人夸口，儿子贤淑的媳妇是"捡"来的。

妹妹有女孩的长处，加上她有耐心能吃苦，经常帮父母操持家务，干里里外外的活。特别是小小年纪就跟着母亲学做针线活，加上她悟性好，针线活做得能胜过大人。后来，她上了职高，学习缝纫裁剪，使她的优势和长处显现出来。学校几年出来，把裁剪、缝纫等工艺学得很不一般。她做活在方圆几里都有名气。到了出嫁的年龄，父母为给她筹备嫁妆发愁。她劝父母别操心，自己外出打工近一年，吃尽苦头，挣回千余元，父母亮亮堂堂嫁了女。婆家对婚事很重视，鞭炮挂满了大半个村，响声持续了个把钟头，知情人叹道：主人家娶了好媳妇！

弟弟贪玩，初中毕业后没能考上高中，由于家境不好，他不愿再上学，经人介绍跟当地一位很有名的木匠师傅学做木工活。起初那个师傅不愿带徒弟，后来听说弟弟乖巧、懂事，也就破了例，收下了这辈子唯一的徒弟。弟弟跟着师傅学做活、做人，早出晚归，风里来雨里去，历经三个春秋，弟弟出了师。分手时，师傅舍不得弟子，弟子也丢不下师傅。在弟弟独自完成一栋房屋的设计和木工工艺后，连我也无法相信这竟是昔日贪玩的弟弟的杰作，但房屋正梁上分明锲刻着"匠师卫建军（弟弟的名字）设计建造"。前年，弟弟给人做活时，房东膝下有好女。房东主人看弟弟诚实厚道，多方央人做媒，主动把自家贤惠文静的女儿介绍给弟弟，彩礼分文不要。弟弟也中意那姑娘。最后，那姑娘就成了我的弟媳。

我们小时候，父母为抚养我们操尽了心，我们的婚事上，父母却没有太作难。

父母是凡人，我们三个也是平常人。父母没给予我们多少物质财富，但父母勤劳、善良、厚道的品质却毫无保留地遗传给了我们。

如今，我们三个都有了各自的小巢。我打心眼里希冀我们三个能在不同的环境中，踏踏实实地干自己的事，用诚实的劳动换取更加幸福的生活，使各自的人生都最大限度地出彩。

载 1995 年 6 月 1 日《澄合矿工报》

取 名

　　儿子出生，给全家带来了无尽的欢乐。全家老少凭着各自的喜好，随随便便唤了好些可笑的乳名，于是，大家都认为给孩子取个官名是件很紧迫的事。

　　过完满月，祖孙三代和媳妇闲坐在电视机旁，话题自然又转到给儿子取名上。爷爷七十有六，辛辛苦苦一辈子，过惯了苦日子，他既是一家之尊，儿孙们首先起哄让爷爷给曾孙赐个名。爷爷自嘲似的笑了笑，说："我没文化，怕如今不兴黑蛋、狗娃了吧？"众人又笑又催，一定要爷爷想一个。爷爷讷讷半天，才说："人生在世，好到头就是有钱，日子又顺当，图个吉利，叫'兴顺'也行，叫'百万'也行，你们看吧！"

　　话还没了，全家人开怀大笑，围绕爷爷想的名七嘴八舌地议论。小妹第一个反对："爷爷真是老古董，都啥年月了，还'兴顺''百万'的，太没时代气息了！"其他人似乎也觉得是这样，都随声附和。小弟弟不知啥时候拿了本辞典，一边翻一边谈看法："我看还是从辞典上查一查，现在兴这个，给娃起个既深奥又有意义的名字。"话还没离口，接着一声惊叹，自个儿先乐起来："有了有了，这'珏'（jué）字多好，意思是美玉，别人用的又少，有新意，有新意！"其他人都抢着看辞典。

　　这时，父亲接着说："什么'脚（珏）'呀，'手'呀的，多不好听！"奶奶也不依了："你们父子俩的倔、犟的犟，在村上都有名了，再来个倔（珏）后人，这不是没完没了了吗？""我看还是叫'改革'或'开放'吧，啥时候都不会有错。"父亲蛮有经验地补充。因为我们兄弟姐妹几个的名字都带有时代特征、历史的烙印，像"宏伟"呀，"文革"啦。

　　看着大家争论得这般热闹，我想，名字除过代号的功能，当然也融入了人们的追求和期望，特别是长辈对儿孙的期盼。我不奢望儿子做官发财、光宗耀祖，但我要告诫儿子，人生的路途遥远，只要他踏踏实实、一步一个脚印地走，真正做一个对社会对国家有用的人足矣！既是平常人，就取平常名，我觉得"远"这个字，既平常，又能道出这个心声，就叫他"远远"吧！

　　我给大家谈了我的想法。还没待大家表态，伶牙俐嘴的小妹第一个跑到儿子身边直唤"远远"。说也怪，一直静静躺着的儿子，此刻也绽开了笑颜，伸胳膊蹬腿。

　　大家看着这一切，都会心地笑了。

载 1994 年 7 月 23 日《渭南日报》

儿子第一次出差

儿子去年参加工作，被分配到销售部门，最近单位安排他去宜兴、无锡一带出差，这是他参加工作后第一次出远门。因为儿子要出远门，不由得勾起了自己许多次出行的回忆。

我小时候基本上没有出过远门。最远的地方，是跟上奶奶去临潼的姨奶奶家。到了十三四岁，由于牙龈上长了个小瘤子，爷爷曾经领着我到省人民医院看过一次病，做过一次小手术。那次出行让我初次认识了西安。

第一次坐火车去西安，路过临潼的时候，铁路两边灯火辉煌，煞是好看，给人留下了难忘的记忆。记得和我们坐在一起的是位年轻漂亮的姑娘，她用很标准的普通话与我们拉家常，溢美之词说了不少，问我是不是第一次去西安，用羡慕的口吻夸赞爷爷能领着孙子游玩西安、享受天伦之乐该是多么幸福啊！火车在行驶途中，列车员过来查票，竟然没有查我们的票，也没有查那个姑娘的票。我想大概是爷爷纯朴、土气的老农民打扮使我们最终成了免检乘客。

那时候，省人民医院所在地黄雁村附近还是一大片荒地。我们是凌晨三四点钟下了火车之后，边走边问寻找到省人民医院的。医院里有远房本家的一个爷爷，晚上我和爷爷就住在他的单身宿舍，那个爷爷就出去在外面找地方住。大概在那里住了三天，过了个周末，周一早上，天还下着雨，在激光手术室大夫给我做了手术。在西安期间，我在医院附近看到一支漂亮的钢笔，当时好像6毛多钱，就央求爷爷给我买一支，爷爷竟然爽快地答应了。因为带我来看病时，我亲眼看见母亲只给了爷爷50块钱。那次在西安除了摘掉了我牙龈上的瘤子，还意外地收获了一支钢笔，别提有多么高兴了。

上学以后，有一年清明节，我和几个同学相约骑着自行车，第一次去了永丰烈士陵园。那时候看见石羊坡，感到非常震撼！自己从小生活在平原地带，没有看见过大山、深沟，第一次看见那么深的沟、那么蜿蜒的河流，确实让我感到惊奇和兴奋。那次去陵园，一辆自行车带一个人，两个人一组轮换着骑车，来回花了一整天。在烈士陵园里，我们偶然相约的这八九个同学拍了一张合影，已经成为永久的纪念。

参加工作之后，我被分配到一个离家近百里的县城，就这点距离，从老家到单位需要换乘三次车。第一次是从老家到老家所在县的县城，第二次是从老家所在县的县城到单位所在县的县城，第三次是从单位所在县的县城再到单位。单位地处山沟沟中，是个矿山企业，基础设施比农村不知道要好多少倍，城市有的，那里都有，可以算是点缀在山沟沟中的具有城市味道的小城镇。在去单位的路途上，柏油路一直顺着小河蜿蜒延伸，小河两边生长着茂盛的芦苇，时不时还传来青蛙的叫声，真似一处僻静、幽雅的世外桃源。工作了一段时间之后，了解到单位还有一个好处，每天早上4点10分，从单位发一趟班车到西安，要从家乡的县城经过。回家的话，早早起床，天不亮就能到达渭清路上白卤村附近的路口，再步行五六里路就能回到家中，不用再换乘三次车，感觉方便多了。

第一次出省是在韩城到山西的黄河铁桥上。那时候，我二十六七岁，参加工作已经七八年了，此前出过最远的门是延安。在学校当教师的时候，学校曾经组织教师去延安接受革命传统教育，当时去过黄帝陵、延安枣园、杨家岭、七大会场礼堂和壶口瀑布等地，那是我至今最有意义的一次出远门。到新单位后，有一次去韩城开会，带队领导领着一行10余人，基本上都是基层单位的负责同志。在下峪口的时候，带队领导听说我还没有出过省，就特意安排我们一行人去了趟黄河铁桥，观赏滚滚的黄河，感受禹门口峡谷外河滩上挟带着泥腥味的劲风，并从黄河铁桥这边走到那边，再折身返回来。如此这般，名义上总算圆了出省的梦。

　　有了第一次，以后出差的机会也慢慢多了，特别是每年都要参加一些全国性的业务会议，开会的内容无非是交流工作，互相学习、互相借鉴，平时注意收集资料，注意整理，形成经验性的文章，带到会议上就算完成任务了，压力也不是很大。那多年，年年都要出去，有时候一年甚至两次，加之一度遇到的主持工作的同志参加全国性会议的机会多，我跟上他们东奔西跑，天南海北，曾经去过许多地方。几年时间，几乎去了大多数省会城市，到了哪里不管是开会还是学习，都免不了把当地的名胜风景参观游览一番。记忆最深的一次，那位领导领着我去北京，驾车跑了几十公里，好不容易来到长城脚下，刚上了几个台阶他却决定返回。因为领导身体偏胖，腿脚不太灵便。真让人哭笑不得！但他却自嘲地说，不到长城非好汉，谁能说我们没有到过长城呢！

　　过去游玩基本上是走马观花，现在游玩就比较注重人文内涵了。出来这么多年，阅历丰富了，对事物和人生的认识也发生了很大变化。走过的路多了，锐气渐渐没了，对待得失更豁达了。今天是儿子参加工作后第一次出差，而且是宜兴、无锡一带，那里是东南沿海地区，距离太湖比较近，与西北地区比较起来，要相对发达一些，现代化程度要高出许多。儿子第一次去这些地方，我想一定会给他的人生留下难忘的记忆。宜兴距离上海、南京比较近，儿子的好几个同学都在上海工作，如果有空，他很有可能去上海游玩，那样的话，对于开阔眼界和增强涉世能力是非常有好处的。

儿子第一次出远门，我和妻都比较牵挂，倏忽间想起自己的许多第一次，不禁让人百感交集。人生其实太短暂了，回想起过去的一些事情，好像才刚刚发生在昨天。但是，情况确实已经发生了较大变化，当年的许多同事都已经退休，自己也已经走到了他们当年的岁数，再过几年，自己也会退休。人生的轮回就这么快，就这般无奈，而儿子已经开始了他的第一次远行。岁月不老，人易老啊！但愿儿子从第一次出行和我这篇短文中能够悟到点什么。

2014 年 3 月 21 日

第六辑 ／ 人间百味

我圆了大学梦

看着手上汉语言文学专业本科段自学考试毕业证书，我总觉得沉甸甸的。

我上学后就一直是个比较认真的学生，知情者都夸我是个上大学的苗子。那年头，农村孩子苦，农村父母更苦，一对父母拉扯三四个孩子，也真难！缺衣少穿是常有的事。小小年纪的我，也不知咋的，总觉得不忍心再让父母为我们过分煎熬。那年中考，我以优异的成绩考上了师范学校。这样，给父母分担了忧愁，却给自己留下了无尽的遗憾，好个难圆的大学梦！

走上工作岗位，看着身边一个个大学毕业的同事，真是羡慕死了！幸好，别人给我介绍了自学考试的圆梦之路，我立马投身到这项事业之中。刚工作是教书的，由学生一下子成为老师、成为班主任，许多工作千头万绪，忙得不能分身。第一次报考"形式逻辑"，这门课程原来学过，加上工作忙碌，仓促看了一遍课本，就上了考场。成绩一出来，我傻眼了，57分！当头一棍，弄得我好沮丧。但也给我敲响了警钟，这自学考试可不是闹着玩的！

吃一堑，长一智，第二次报名就小心多了。经过反复琢磨，我选报了"现代汉语"和"中共党史"，这是自己的长项。那时，学校的单身教师少，我除过备课、上课、批改作业、辅导学生，其余时间总把自己关进斗

221

室。一切从零开始，做笔记、录音、背诵，书一页一页地看，练习题一道一道地做，把书由薄看到厚，由厚再看到薄，画画写写，圈圈点点。有个好心的张老师见我这样不顾惜身体，饭后没事，总是拉上我到沟畔转转。两个月下来，本来就瘦的身体又亏了一圈。可是，这次得到的却是两门较好的成绩，两张单科合格证。总算让人长长地吁了口气。

坎坎坷坷几年中，自己总在给自己定目标、压担子。平时工作要干好，家务活要分担，社会应酬要参与，学习更不能放松。我总是在别人休闲的时候，悄悄地来到自己的书桌前，翻开那熟悉而陌生的课本，与灯为伴，与文字为友，其中的酸甜苦辣真是一言难尽。几年来，自己的工作变了几变，环境也换了几换，但倾心自考的决心一点也没改变，学业也丝毫没受到影响。今年6月，我终于考完了汉语言文学专业的最后两门课程，取得了15门必修课、4门选修课的全部单科合格证，完成了汉语言文学专科、本科的学业，取得了毕业证书。

自考艰辛，自考有味，自考给了我充实的8年，自考圆了我的大学梦！自考还启迪着我脚踏实地地对待生活和人生！

载 1995 年 10 月 5 日《澄合矿工报》

没有闹钟的日子

　　我上小学的时候，大概也就是20世纪70年代末。那时候，农村非常贫穷，村子里很少有钟表，谁家有个挣钱的父亲，能买上一个闹钟，那就是很奢侈的事情，也是令别人家孩子羡慕的事情。

　　我们村有几户人家有闹钟，那仅仅只是村民中的少数。这些家庭有个共同的特点，就是孩子的父亲在外面工作，每个月都有固定的收入。那时候，基本上一家都有三四个孩子，处在上学阶段的孩子只有靠大人凭习惯判断起床上学的时间。听公鸡打鸣是比较实用的方法，凌晨公鸡叫几遍，就该到了起床的时候；有月亮的夜晚，还可以参考月亮照在庭院墙壁上影子的高低。当然，这样判断时辰的误差较大，常常会闹出笑话。

　　我那时上学很认真，经常都是提前到校，哪怕只迟到一次，也觉得是件很丢人的事情。记得有一次，因为起床晚了，就闹着不去上学，母亲怎么也劝说不下，就拽着我的胳膊把我送到了学校，我是一边哭一边被连推带搡地送进教室的。那个上午，我始终沉浸在羞愧的情绪之中，因为自己的迟到给班上抹了黑，让自己的好学生形象受到了影响。周一在评比当周小红旗时，我主动站起来不要那一周的小红旗，理由是自己迟到了一次。大概在老师眼里，迟到一次，并不能说明我真就表现不好，最终还是把小红旗授给了我，以至于那个学期，我一周一次的小红旗从来没有间断过。

但对我来说，就因为那次迟到，总觉得一学期一次没有落下的小红旗是含有水分的。

为了上学不迟到，奶奶、父亲经常在凌晨为我操心。我对上学那么较真，他们都怕拿捏不准时间耽误了我上学。当鸡叫三遍之后，奶奶就叫我起床。有月亮时，我就把月亮照在院子檐墙上影子的高低告诉父亲，他会根据农历和朔望月的变化规律判断时辰，以此更进一步确定是不是到了上学的钟点。有时候天阴，月亮藏在云中，可是外面却比平时亮堂，这个时候，也是最容易判断出错的时候。常常是大人叫醒我们，急急忙忙赶到学校，一问门房老人才知道是凌晨一两点钟，只好折身回去，钻进被窝再睡上两三个小时，才又起身，再去上学。

因为闹钟，还闹过这样一个笑话。那时候，在我们那个只有五个年级的小学校，总共有七八个老师，除了开设语文、数学和体育课之外，其他课程基本上都不开设。老师都兼着副科，好的时候，还教学生唱几首歌。我们一至三年级的班主任是个女老师，她经常在业余时间教我们唱歌，"文革"期间的歌曲基本上都是她教唱的，直到现在我还能哼上几首。小学的校长是个清瘦的老人，他留着长发，基本上都变成了银白色，记得他叫权智民。他是个性格比较内向的老师，平时在村子中轮流吃派饭，轮到我们家时，奶奶、母亲总是想方设法给他变着样做饭，晚上还要派我去给他送汤。那天，校长一个人圪蹴在他宿办合一的屋门口，我作为一个校长认识的好学生，在课间休息时就进了他的屋子。在校长的办公桌上摆放着一只闹钟，仔细一看，闹钟的玻璃罩子破了，我以为是个坏钟，出于好奇，就顺手把闹钟的指针拨了几下，然后放回原处。当我再回到教室上课时，突然，老校长却着急地给各班老师通知，赶紧放学，已经过了放学时间。那天，天气是阴着的，无法根据太阳的高低判断时辰。下午，我才知道，是因为我去校长屋子时，顺手拨了闹钟，才造成老校长判断失误，以至于全校师生提前了两节课放学。校长再问起我这件事情的时候，我道出了原委，并说明不是故意的，只是出于好奇，才顺手拨了几下。那个时候，那个闹钟大概是小学校唯一一件计时的宝贝。

我们家买上闹钟的时候，我已经上了初中。为了那个闹钟，爷爷不知道攒了多长时间的零花钱，才如愿买到。有了闹钟，我们别提多高兴了，每天晚上定时给闹钟上发条、定铃声，基本上是雷打不动。到目前，对那个闹钟我都有印象。它的外观是青绿色，表盘下沿前侧带着两个短支撑架，上沿固定着一个提手，提手两侧与表体连接的中间部位有两个能够击打出声音的银色铃铛；表盘底是白色，数字是黑色，里面有一只小公鸡在不停地啄食。这也是当时比较流行的一款闹钟。这个闹钟一直陪伴我读完初中。起初因为买不起，吃尽了上学没有闹钟的苦头。爷爷给我们买了闹钟之后，我们对它的钟爱真是无以言表，真的就像呵护眼睛一样在呵护它。现在想起那个闹钟，想起过去的艰苦岁月，令人不由得感慨过去生活的艰辛。大概生活就应该由酸甜苦辣所组成，哪怕再艰苦的日子，回过头再品味时，都觉得很有滋味。

过去，自己早早读了初中师，觉得是人生的一件憾事。那时候，日子那么艰苦，之所以选择读初中师，主要是担心家里供给不起自己读高中、上大学的费用。那时候的高中生活，住宿是通铺，冬天不生火炉，夏天没有电扇，一个宿舍住十几个人，条件之差真是难以想象。加之，吃不起学校的食堂，每周都要从家中背馍馍，经常吃的都是开水泡馍。假如当年读了高中的话，自己的身体能不能吃得消还很难说。所以，遗憾归遗憾，某种程度也是一种幸运。早早读了初中师，吃饭住宿国家管，条件相对要好许多，更重要的是减轻了父母的负担，早早参加工作又挣了工资，还有什么不满足的呢?

　　偶然想起过去的一些事情,觉得挺有味道,就把它诉诸笔端,也是对人生历程的一种追忆。青春慢慢逝去,岁月渐渐枯黄,趁着精力还较为充沛,多做一些这样的事情也是非常有意义的。

2013 年 11 月 28 日

家在斗室

　　我们住在一间斗室，是妻子单位分给她的宿舍兼办公室。成家那会儿，这屋里要啥没啥，别人说这宿办合一简直没有一点家的味儿。但是，我们在这儿找到了爱的归宿，还是挺满足的。

　　我对生活本没有过高的奢求，我的期盼仅仅是希望自己的耕耘都能有所收获。做学生时，家里人都指望我能在乡间的蜿蜒小道上走出一条路，通向外面的世界。再者，看着父辈们成天面朝黄土背朝天的艰辛，心中时常有不安分的因子在游弋。我常寻思，要争点气，离开这个穷乡僻壤。那时，我总羡慕别人拥有公家分的或几人或独个的宿舍，我做梦都想拥有属于自己的一片天地。没说的，妻的单位分了这间宿舍给我们，总算有了我们自己的窝。本身已够满意了，何况这里就是家。

　　我们在这里一住就是8年。妻作为主妇，精心操持，也逐渐添置了洗衣机、煤气灶、电视机之类的物件，家也就有了个架子。更令人高兴的是，儿子也在这里出生了，长大了，懂事了。

　　家离城远，住家户少，平时来往的大多是老师、学生。大家在一块儿，最多的还是谈天说地，谈古论今，激扬文字。在这里，常常萦绕耳际的是教室里郎朗的读书声，操场上激烈的拼抢声，和着琴声、笛声、吉他声、歌声，很容易让人沉醉其间。遇到假期，校园空荡荡的，来的人少了，家里也冷清多了。但是，我们又可以尽情地享受随意、品味清静了，这又是另一番情趣。

斗室为家，就有了家的乐趣！但是，随着岁月的流逝，看着别人都乐呵呵地住进了各自的两室一厅、三室一厅或小独院，我又对住公家的房子生出了另一种情绪来。

错了吗？是否我要失却自己？想了再三，我觉得，决不能。

我寻思，必须在斗室中把握好自己。

载 1996 年 5 月 23 日《澄合矿工报》

包果园

在机关上班，挣不了几个钱，看着恁多人务果园发了财，自己好眼馋。

凑巧，妻所在的职校搞校办产业，在离城十好几里的农村，租了七八十亩地，栽了苹果树，让教师承包管理。妻包了一份，有2亩地。

树栽下后，学校很重视。园里配有技术人员，统一规划、安排活。我们没有人帮忙，只能利用周末的休息时间到园子干活。

起初，树小，我和妻把周末搭进去也就够了。常待在机关，平时总是两点一线，很乏味。能利用周末出来，兜兜风、干点活，感觉还蛮好。早上，起了床，一家三口，带上榨菜、烧饼、面包之类的干粮，迎着煦风上路。到了果园，我和妻干活，小儿则和别的孩子在空旷的园子撒欢。包了果园，啥活都得学着干，有时翻地、点花生、种土豆，有时拉枝、除草，有时挖坑、施肥，有时打药、浇水，还要剪枝、放盘、防虫等。太阳当头，挺烈。半天出来，脸上、手上就泛起紫晕，沁点汗水，隐隐作痛。但看着要干的活快要干完，心里便格外轻松。儿子玩累了，索性在树下铺件衣服，就香甜地睡着了。由于树小，冠也小，树荫晃晃闪闪，阳光不时照在小儿脸上，映得两颊绯红，我心中不免生出怜惜之情。亦工亦农，文武兼顾，虽是累了点，但觉得有滋有味。

后来，树长大了，活更多了。我与妻常常忙不过来，有时就呼朋唤友

229

突击干。友人在一块儿干活，东拉西扯，谈天说地，侃古论今。友人是一帮穷弟兄，大家戏谑我将是大伙中最先富起来的人。话是这样说，理也是这个理，可我到底还是没能支撑住。果园里的活越来越多，休息、放松式的劳动没了，单位的事也越来越多，总得埋头苦干才能应付。自己又是个极认真的人，哪一头也不能耽误。包果园的第二年夏天，干完单位的事，休息时间全赔进果园，到头来果树没了形状，枝条乱抽，树里行间的杂草长得一人多高，园子荒了。请教技术人员，说是后期管理没跟上。唉，这会儿才能真正体会到苹果来得多么不容易！

我想，务果园固然能致富，劳动固然有乐趣，但这并不是自己的价值之所在。人世间的事就这么公平，一分耕耘必定有一分收获，别奢望用较少的付出换取更多的收获。自己走的路只有也只能有一条。

我决定，退了果园，干好本职工作，安心过工薪族的日子。

载 1997 年 4 月 3 日《澄合矿工报》

登山道上

去年9月，与友人一块儿去登黄山。我们沿着陡峭的山路拾级而上，半路上在陡峭处看到的一幕，至今令人难忘。

记得那登山路依山傍壑，时隐时现，时上时下，迂回曲折。游人近在咫尺，却看不见身影。那天，我们顺着山路正吃力地攀登，忽然前面传来了一男一女的喊号子声"嗨""嗨""嗨""嗨"……循着声音追去，拐过弯，只见陡峭的山路上，一个粗壮的男人，一个结实的女人，两个人各挑一副担子，担子两端是两袋沉重的沙子。男人在前，女人在后，男人喊一声，女人和一声。男人的声音从胸腔发出，沉重、坚毅；女人的声音从心底挤出，声嘶力竭。两副担子节奏感很强的"咯吱咯吱"声压得人透不过气来。山路上的行人同情地望着他俩，他俩却旁若无人，依然一高一低地喊着、和着，艰难地向山顶挪动。挪上五六级，就将扁担用木棍撑住歇一会儿，然后，再相跟着踏阶而上。

这是一幅多么悲壮苍凉的画面，这是一幕多么动人心魄的情景！看到它，顿然使人荡气回肠、感慨万千。男人、女人同甘共苦，用肩膀挑起生活的重担，是艰难的，也是无比珍贵的。在人生漫长而短暂的旅途上，能与另一半尽心竭力地结伴相携，共同品尝生活中的酸甜苦辣，付出点艰辛又算得了什么呢？别人同情他俩，谁又说得清这个"别人"又不是另外的别人同情的对象呢？别人觉得他俩过得苦、活得累，可谁又能体会得到他俩用辛勤劳动换来的乐趣呢？

人的生活中处处都有乐趣，关键是要用健康的、平和的心态去捕捉、去感受。富翁的乐趣是乐趣，穷人的乐趣也是乐趣。

我觉得，一个人只要充实地、坦然地活过每一天，就会积攒起难以忘怀的一辈子。

载 1997 年 4 月 10 日《澄合矿工报》

老张

　　老张是单位的同事，近一米八的个头，背稍驼，右肩有点斜。他平时穿着土气，说话不紧不慢，是机关的老科长。

　　老张的家在农村。1972年他从部队转业，被分配到机关上班。1976年他已成为机关年轻的团委书记。当时许多人看好他是棵好苗子，但后来，不知为啥，老张一直当他的科长，直至下岗。

　　我与老张打交道是从1992年开始的，初次与他交往，就觉得他随和、善良、本分、实在。那年，我与老张去北戴河开会，为了省钱，我们就近从韦庄登上了东行的列车。在侯马胡乱吃了点东西后，换车北上。车是过往车，没有座位，只好与民工挤在一起，一站就是五六个小时，到太原后，下车的人多，才找上座位。次日到达北京时，人已经是狼狈不堪。由于住宿的价格令人却步，老张又坚持不能超了单位规定的标准，好不容易找了一间地下室后，顾不得洗漱就倒在了床上。老张吃饭很简单，顿顿面条，一碗两碗地吃，好在我年轻，填饱肚皮也就满足了。出了门，干啥都要花钱，每天的补助总是招架不住。老张不无遗憾地说，他一个人出差，凑合点还能节省点补助，与我一起出来开销就大了。

　　那次会上，我们认识了几个兄弟单位的同行，回来时结伴到车站赶车。人家要打的，老张不同意，说回来报销不了，人家硬把我俩拽上车，付了钱，撕了票。老张过意不去，又对人家说他要分担一半，人家无奈地谢绝。后来，这件事不知道怎么被爆料出来，成了别人取笑老张的口实，讥讽老张干不了大事，出门没气派。

老张把工作很当事，只要是领导交办的事，他总是一丝不苟、认真负责。1994年，省上搞贫困职工调查摸底，老张步行到县城二路、九路坐三轮车下矿，到各单位了解第一手资料，把贫困户、特困户的底子摸得一清二楚，并及时向上级做了汇报。后来，省上拨特困救急款，分配给我们单位的资金相对较少，单位领导追问原因，上面回答说我们上报的贫困特困职工占的比例较小，绝对人数少。

共产党人是最讲认真的，老张也是一个十分认真的人。老张经手过的每一桩事都清澈透明。可老张从一个许多人看好的好苗子直到最后下岗的大半生的职场历程，却给我留下了无尽的思考……

老张下岗走了，可在我的心里，老张留下的人格魅力却是非常有分量的。

载 1997 年 7 月 10 日《澄合矿工报》

卫老师

在众多的老师当中，常常引起我心灵震颤的是小学语文老师卫大连。

卫老师高中毕业后就回乡参加了农业生产。一个偶然的机会，她成了代理教师。没学过专业课，她没黑没白地研读《教育学》《心理学》；没有教学经验，她虚心向老教师请教……功夫不负有心人，她教的那班学生居然在全乡毕业统考中获得总评第一名的好成绩。

那年秋季，我刚升入四年级，卫老师做了我们的班主任。

那时候，农村老师大多数用家乡话讲课，有时勉强用普通话，也是半生不熟的。卫老师却能讲一口流利的普通话，讲起课来抑扬顿挫，读起课文来声情并茂，能打动我们每一颗幼小的心灵。

卫老师教语文课有独特的招数。她经常利用课外时间组织我们到野外去采野花、捉昆虫、戏流水、捕鸣蝉，等到大家玩到了兴头上，她就让同学们把玩的过程和感觉如实地写出来，于是便有了一篇篇感情真挚的习作。有天早操，班上的一个女生捡了一把指甲刀，并及时交还给了失主，卫老师敏感地抓住这件事，以小见大，写了一篇范文，读后既亲切又自然。许多同学也不由自主地把发生在自己身上、藏在心中的小事用文字写了出来，于是就有了一篇篇稚嫩纯情的习作。同学们起初讨厌作文，在卫老师的引导下，班上的"笔杆子"也一天比一天多起来。

那时候，还没有普及九年制义务教育，不是所有小学生都能升入初中。五年级时，为了迎接升学考试，我们没了星期天。卫老师和我们一样，起早贪黑，挑灯夜战，她不知改了多少作业，阅了多少作文，也不知度过了多少难眠之夜……

那时候，农村缺电，我们清早上学时擎着煤油灯，晚上回家时煤油灯就排成了整整齐齐的一行。卫老师总是自信地走在队伍最后。放学路上，也就留下了一串串眨着眼的小火苗和一阵阵朗朗的欢笑声。

不久，我以优异的成绩考上了初中。卫老师也因为不是正式民办教师而被清退了。挤走她的是大队干部的关系户，村上人都说那个接替她的老师准会把娃娃害了！可是，谁也没能改变这个现实，那个大队长的关系户依旧做她的民办教师，校园里却少了卫老师的身影。

我再见到卫老师时，她已嫁到距离老家十几里路的一个村子，她种植的6亩果园已受益多年，年年养鸡也是一笔不小的收入。可是，面对这些，她还是愿意谈有关孩子们的话题，她总想能为她所嫁的村子里唯一的复式班的孩子们做点事情。

我只能默默地企盼，企盼记忆中的那眨着眼的小火苗能重新走近卫老师！

载 1996 年 7 月 11 日《澄合矿工报》

偶遇老外

8月3日下午，我们一行三人乘坐576次直快列车，准备离开西宁这座高原之城。我们坐的是硬座，放好行李后，便坐下来闲聊。

这时，在上车的人流中有一个金发女郎，20岁左右的样子，个儿不高，她背着一个旅行背包，挺大，使人觉得与她瘦小的身材很不协调。她手里攥着车票东瞅西看，直接向我对面的座位走来。我帮她把背包放上行李架，她欣然一笑，用略显生硬的汉语普通话道了声"谢谢"。

她坐下后，看到车厢前端挂着的"请勿随地吐痰"警示牌，就举起随身携带的相机，极认真地调焦、挪动身体、调整姿势、拍照。看到这儿，我主动搭讪，问她是否懂汉语，她用普通话做了肯定的回答。我问她拍那个牌子干啥，她边比画边说，她不喜欢随地吐痰，说完两手一摊，两肩一耸，又欣然一笑。她说，在西方国家没有这种现象。我不觉心中一震，她会把所拍摄的照片带回国，告诉她的朋友中国人有随地吐痰的习惯，政府不得不在公共场合用警示牌提示大家克服这种不良习惯？果真这样的话，那该是件多么丢中国人颜面的事情啊！

她的举动使我们觉得她很神秘，仿佛是个谜，坐在一个车厢的几个人便轮番向她发问，她总是耐心、善意地回答。我们问她的籍贯、职业、薪水以及汉语水平。她介绍自己是英国人，中文名字叫秋林，在浙江嘉兴一所中技学校教英语。1995年来到中国学习汉语，短短一年多时间，就能用普通话与别人进行正常交流。她能讲7国语言，英语、汉语、法语、意大利语、奥地利语等。对此，大家都感到惊奇，都称赞她的聪颖，感慨我们学英语怎么那么难呢!

秋林小姐只身一人，从浙江出发，走西藏，上西宁，赴敦煌，到新疆，还要来西安玩，然后去洛阳，飞北京，足足安排了一个多月的旅行时间。我问她一个人害怕吗，她说周围有那么多朋友、那么多友好的人，她没有陌生的感觉，倒是感到很亲切。我佩服她的气魄、她的胆量、她的勇敢。也许是她自幼生活的环境和所接受的教育造就了她独立、自信、坚毅的性格和豁达、开朗的人生态度。

秋林旁边坐着一个中国小伙子，他戴着一副眼镜，镜片后面是一双充满灵气、智慧的眼睛。起初他很拘谨，是我们与外国女孩的交谈吸引了他。他自我介绍他出生在山东菏泽，在西北大学读了4年，专攻考古，后和在江南长大的女友一起分配到西宁。去年他考上了研究生，正在北京上学。他能用英语与秋林交谈，尽管不是十分流畅，但看得出他有厚实的功底。我暗自庆幸，像他这样优秀的人才，能到祖国大西北的西宁去扎根，大西北的落后面貌一定能得到改变。

列车上不经意的相遇和接触，使我从老外身上看到了她的许多闪光之处，也使我对祖国能吸引一些老外前来就职、旅游而感到自豪，更使我对祖国的前途和未来充满了无比的信心。

载 1997 年 9 月 11 日《澄合矿工报》

果贩

上次出差，遇见两个果贩，其中的一个给我留下了深刻印象。

那是在乌鲁木齐到西安的344次列车上。从乌鲁木齐车站一上车，那个中等身材、短平头发、方中显圆、黑里透红的脸上嵌着一双炯炯有神的眼睛的30岁左右的年轻人便引起了旅客们的注意。车上有位步履蹒跚的老太太，70多岁的样子，花白的头发，从微胖泛黄的脸上可以看出她患有高血压这样的老年病。她的铺位居中，她急欲找列车长调到旁边空着的下铺。那年轻人得知后，主动帮她去找列车长调铺。老太太千恩万谢，他却淡淡一笑。二三十分钟后，他满头大汗地回来，老太太如愿调到了下铺，周围的旅客啧啧地发出赞叹声。傍晚，一对近60岁的老人上车，一个在上铺、一个在下铺，他又主动把自己的中铺换给他们，自己爬到了上铺。那两位老人又是一番道谢，并要给他补差价，他婉言谢绝。大家不觉又向他投去了赞许的目光。他最显眼的东西是腰间别着的那部手机。有个列车员遇到了急事，想借用，他二话没说，就开机帮她联络。列车员很难为情，他却满不在乎。经过反复拨号却无人接听，他说到晚上再拨。晚上，他去找列车员，列车员说实在不好意思。他和气地说，谁都有需要别人帮忙的时候，不能耽误事，然后再次帮列车员拨通了手机。

第二天，我们在一起聊天，我打听了他的情况。他是湖南衡阳人，长期在外做水果生意。过去他当兵，后来到公安部门当干警。由于性情耿直，看不惯单位领导的所作所为，便愤然下海，决计在商海中实现自己的抱负和人生价值。几年下来，走南闯北，居然取得了较大收获。他没说自己赚了多少钱，但在我们都为中国海军忧虑，担心南海诸岛问题复杂化对我国不利时，他表示，如果国家建造自己的航空母舰，他愿意捐20万元。他说自己是当兵出身，不愿看到国家受气。这时，我似乎觉得面前这位铮铮汉子变得更加阳刚高大起来。

下车时，我带的行李较多，他帮我提了一件。人很多，我们被人流冲散，到出站口时，他已在雨中急切地等着……

出站后，我看着他消失在细雨中的身影，心中不由得生出了依依的情结，遗憾这次旅程太短了些。我相信，这次与这个果贩相遇所带给我的感动一定会让我铭记一辈子。

载 1997 年 10 月 2 日《澄合矿工报》

徜徉交流会

星期天是交流会快结束的日子，平时没时间，最后一天咋也得兑现与妻子一块儿逛会的诺言。

吃过早饭，我们一家三口骑上自行车就上街了。到了六路口，看着东来西往的行人很多，索性便寄存了车子。街上顾客大多是从农村来的，也有利用星期天上街的职工。在商贸大厦门前的广场上，摆着二三十个小摊，售卖小百货之类的商品，好像比商场里面便宜点。围观的人虽多，但真正买的人却很少。

我们顺着正街南下，边走边看，边看边玩。两边的店铺大都把商品搬了出来，没觉得有啥新鲜稀罕的东西，这大概是总在小城生活的缘故吧。平时有的也是逢会有的，平时见的也是过会见的。想买点东西，又觉得没啥可买，只是看到过会时的人比往常多。我想，没啥可买，并不是商品少，而是从另一个角度说明了小城商品的丰富。几年来，随着市场经济的发展，商品流通迅速快捷，商贸往来异常活跃，小城可以买到天南海北运来的各种商品，很少再出现拿钱买不到东西的现象。

听当地人说，过去农村的老头老太太进城赶会，啥也不买，吃上一碗靣面、尝几个油糕也就心满意足了。这话听起来简直让人觉得有些好笑，但农村人那时手头拮据，上县赶会较少却也是事实。

到了八路，烟厂推倒围墙建起了两层综合楼，对面修建的与大市场隔墙而起的物资综合市场即将竣工，使马路两侧的建筑浑然一体，也给小城增添了新的景观。听说这些建筑是集资修建的，每户出资8万到10万元不等，方案一出台，就被抢购一空。记得修建大市场初期，许多人都担心建造那么多店铺会不会闲在那儿，现在看来，形势发展之快真是令人始料不及。下一步的发展肯定会更快，这些店铺肯定会为当地市场繁荣和经济发展做出新的贡献。

穿过大市场，我们走进体育场，这儿正在举办体育募捐抽奖活动，这可能是县城最热闹的地方。北侧是彩票销售场和临时搭起的领奖台，台上，主持人总是用即兴编出的极富诱惑力的顺口溜招揽顾客，时不时有人摸上个自行车、电饭锅之类的奖品，台下便是一阵啧啧的赞叹声。领奖台旁边整齐地摆放着几辆解放牌双排座卡车和小面包车，许多人是奔着它们来的。南侧靠墙的地方，有几家外地来的演出团体。那些做宣传的演员站在临时搭建的高台上，伴着夹杂有噪音的音乐，手舞足蹈，扭腰摆胯，着实令人望而生畏。看来，募捐为演出团体撑摊、演出团体为募捐捧场是显而易见的。

逛了几个小时，什么东西也没买，人却挺累。妻说："过会就这样，如果不过会又能怎样？逛一次会浑身都感到酸痛。"看来，今日的交流会已经与过去不可同日而语了。

载 1997 年 10 月 30 日《澄合矿工报》

养蚕

儿子养了几只蚕，他特别喜欢。每天起床或放学后的第一件事，就是给蚕换桑叶、清蚕屎……

看到这个情景，我不由得想起自己的童年。那时，刚过完春节，自己就留心榆树发芽了没有。等榆树稍微长出点嫩芽，就焦急地用棉花包好蚕子塞进贴身的衬衣口袋暖起来。这一阵子，自己牵挂最多的就是蚕蚁暖出来没有。记得当第一次把蚕蚁暖出来的时候，自己几乎兴奋得睡不着觉，连夜就找个装过香脂的圆铁盒，用灶膛的热灰擦了再擦，等确定去掉香味了，就摘些榆芽放进去，把蚕蚁拨到叶子上。自此，养蚕便成了自己生活中最为上心的事。过上四五天，蚕蚁蜕去了皮，慢慢变白了，蚕就可以吃上"细粮"了。由于桑树稀缺，采摘桑叶付出的劳动对孩童来说也是很艰辛的。但是，看着蚕宝宝一天天长大，自己体会最多的仍是收获后的喜悦。

蚕蜕过4次皮后，就成了又白又胖的"壮士"，待身上有了光泽，泛出微黄，就不再吃桑叶了，而是四处爬动，仿佛在寻找什么。奶奶告诉我，蚕要结茧了。于是，按奶奶教的办法，我找来干净的扫帚，把蚕放上去。蚕便在扫帚的枝杈间吐起了丝线。它们先利用细小的枝杈架起轮廓，等有了雏形，便密密地织起茧来。起初，还能看见蚕在茧里的一举一动，一两天后，随着茧壁的增厚就什么也看不见了。

过一段时间，蚕蛾破茧而出，成双成对地交配后，母蛾开始在纸上产卵，这时，我总是小心地把蚕子收起来，待来年再暖再养。

记得我总共养过七八年蚕，没有目的，没有收益，仅仅只是延续了一代又一代的小生命而已。

不觉间，儿子已到了重复自己童年故事的年龄，大概喜欢养蚕是儿童这个阶段一个共同的兴趣吧。

儿子养蚕，条件比我那时要好得多。他看着别的孩子养蚕，自己也要养。妻子就找别人要了几只，然后，给他找来器具，帮着他养。蚕没有桑叶吃，妻子就托这个找那个，这儿要一点，那儿寻一点，有时候还把我拉上一起去找桑叶。我问妻子："是大人养蚕，还是孩子养蚕？"妻子蛮有理地解释，许多长着桑树的地方都不安全，让儿子去采摘桑叶，能让人放心吗？一句话噎得我无言以对。

不过，帮儿子养蚕也引发了我许多思考。蚕一生要蜕4次皮，每次蜕皮，都要承受一次煎熬。蚕就是在不断煎熬中求得新生、求得成长的。做人，如果也能像蚕成长那样，那他必然会拥有一个大器的人生。我明白这个理儿，是因为我有人生30年的风雨历程作辅证。儿子现在养蚕，不知他啥时候也能明白这个理儿呢？

我想，还得让儿子自己动脑、动手干点事，果真那样，儿子养蚕也就没有白养，他也就会慢慢明白养蚕与人生之间存在的某种内在逻辑关系了。

载 1998 年 4 月 30 日《澄合矿工报》

补衣女

听说西安有人专门站街补衣服，我听后不以为然。一来，觉得干这差事能挣几个钱？再则，谁又会专门去找她们补衣服呢？这么简单的活，举手之劳，自己动手就能干的事嘛。

在西安唐城百货大厦门前的广场上，我见到了几个操四川口音的妇女，她们不时凑到过往的行人面前："补衣服！""补衣服！"……这个一句、那个一句，这才使人觉得补衣服还是个行当。听说，干这行的人还不少，东大街钟楼附近随处可见。这几个补衣女，大多穿着土气，一看便知是从农村出来的。可是，从她们招揽生意的神态、表情、举止、言谈看，很难让人把她们当成一般的农村妇女。

我们几个带了条要补的新裤子，裤腿上有抽烟时不小心烧的3个小窟窿。有个长相姣好的妇女上来揽活，问要多少钱，回答补一寸18块钱，补3个窟窿给15块钱。我们嫌贵，她说少了12块钱不补，我们说多了5块钱不补。因为知道再往前走，还有她们的同行，我们便没有加价的意思，说着话就继续往前走着。这时又过来一个年龄稍大的妇女，问我们最多愿意出多少钱，我们重复了刚才的价格，她说太少，讲了许多理由，要10块钱，我们仍坚持说偏高，她也转身离去。我们刚要走，旁边又过来一个很朴实的年轻妇女，她说8块钱补吧，这是很优惠的价格啦，没有过这个行情，又说补衣服多么不容易。我们说那就图个"顺"，6块补吧。她没有再说什么，接过裤子就走。我们挺纳闷，等我们醒过神来，她已把裤子交给了最初那个长相姣好的妇女，自己又走到一边去揽活了。我们这才恍然大悟，原来她们做的是同一个生意，她们是在和我们兜圈子。倘若我们与第一个妇女谈价格时，还价高的话，与第二个妇女谈价格时态度不坚决的话，她们不是挣得更多吗？这回我相信，如果我们给的价在她们的心理承受范围之内，再少，她们也会干。因为除了劳动，她们再不摊任何成本，闲着也是闲着，兜圈子仅仅只是想个好价钱，也算是一种经营策略吧。好精明的一群补衣女！

那个妇女手很灵巧，活做得细致、漂亮，嘴也能说。她补裤子的方法对传统的补法是一次革命，她不用布，只是从裤脚不起眼的地方挑出一根根细线，用一根针、掌心大的小撑子，就可以自如地穿针引线。裤子上的窟窿经她一补，基本上不留明显的痕迹。在给我们做活的时候，一对夫妻模样的西安市民特意看了看她做的活，最后也决定把破损的衣服让她补。闲聊中，知道她老家的男人都出来打工，许多妇女也出来了。陕西富裕，钱好挣，比待在家里强。出来也辛苦，但总能混口饭吃！谁不想图个清闲？有福谁都会享。

我被她们感动了，我想起了社会上许许多多的下岗职工。补衣女从农村出来，没有背景，没有靠山，只有靠自己的劳动吃饭，她们在一个不起眼的领域能站稳脚跟，找到生存空间，着实不容易呀！这说明她们的聪明才智得到了社会的认可。而下岗职工呢，一面是那么多苦、脏、累点的活没人干，一面又是大量的下岗人员没活干，原因在哪儿呢？是不是国家职工的架子还没有放下？是不是还觉得即便不干事国家也要给口饭吃？是不是还没真的陷入那种要靠给人打工挣饭吃的窘境？如果是这样的话，那历史的淘汰肯定是公正的，是符合社会发展规律的，谁也不该抱怨什么。

看来，社会的发展，必将使补衣女和国家职工处在相同的竞争起跑线上，不然，国家职工也具有的补衣女身上表现出来的聪明才智和自强不息的精神不是被湮没和扼杀了吗？

补衣服这活，简单易学，不用投资，不需要成本，农村不识字的老太太都能做。那受过教育、有社会经验的下岗职工为什么不能干呢？何况，她们的收入还不菲呢！

一句话，只要肯动脑、肯吃苦，谁又能总会没活干呢？谁又能没饭吃呢？补衣服算个啥？三百六十行中大概还没有这一行吧。

看来，我确实得对这些补衣女刮目相看了。

载 1998 年 6 月 29 日《澄城报》

城里人，乡下人

不知从什么时候开始，人群中有了城里人和乡下人之分。我思忖，大概是商品流通达到一定规模的封建社会吧。

倘若把现在所有城里人的祖先上溯三代，我想先祖是乡下人的绝对不会是少数。比如，毛泽东主席该算个没有争议的城里人吧，他是生活在北京城的中国最高统帅啊！可他也出生在湖南省湘潭县的一个小山村，他的祖先也是地地道道的乡下人。他在世时经常说自己是农民，更喜欢过农民般的生活。具体到生活中的你我他，又能有多少人与乡下人没有一点瓜葛呢？

可是，不知从何时起，我所接触到的城里人在乡下人面前萌生了说不清道不明的优越感。其中的缘由嘛，大概是城里人干着轻巧活，有着固定的收入，生活、工作环境舒适，思路宽，接触的人多，对社会政治、经济生活的干预能力强；而乡下人呢，干着粗笨活，出着臭汗，整天面朝黄土背朝天，要靠在土地上流血流汗刨食，生活、生存条件艰苦，常常处在被支配的地位。所以，一些城里人便瞧不起乡下人，动辄就扎点势。

中国有12亿多人口，农村人口占绝大多数。城里人吃香喝辣可能也有物以稀为贵的缘由吧。实际上，城里人大可不必孤芳自赏，乡下人也大可不必太过自卑。大多数情况下，往往是城里人掌握着乡下人的命运，乡下人生产生活条件的改善也与城里人有很大的关系。城里人见识广、本事大，但无论如何不能忘了本，更不能以高人一等的态度自居。当前，面对国有企业的暂时困难，有的城里人下岗后宁可饿着肚皮，也不愿去从事第一产业，过似乎只能是乡下人才过的日子。这又何必呢?

城里人也好，乡下人也罢，本来并没有什么区别，只是人们在权衡名与利、得与失、苦与乐的过程中，由于不健康的人生观、价值观作祟，才生出了此贵彼贱的偏颇认识。城里人在这方面必须承担主要责任。我想，随着乡下人视野的开阔，生活水平的提高，他们的日子一定会过得越来越红火。乡下人一定会以崭新的形象走向未来的社会历史舞台，城里人也一定会以更加宽广的胸怀接纳和尊重乡下人。

城里人悠着点，乡下人挺直腰杆，美好的明天已经向生存在神州大地上的所有人招手。

载 1998 年 7 月 30 日《澄合矿工报》

要学会与强者对话

儿子9岁时，央我教他学打乒乓球，我同意了。我觉得，要让儿子健康成长，就要让他多练就一些本领，多拥有一些人生阅历，不但要学好文化知识，还要掌握一些体育方面的技能，努力培养他各方面的兴趣爱好，争取成为一个全面发展的人。

我的乒乓球技艺不是很高，只是停留在活动筋骨的水平上，但教会儿子发球、握拍、扣杀和一些基本规则是没有问题的。从那时开始，我就领着儿子在居住的校园练习打乒乓球。学校的球台都是水泥板搭建的简易台，练习基本功是完全可以的。

我先教儿子发球、接球，并随时纠正他不正确的姿势。开始那一阵子，每天吃完晚饭，我们就去练球。儿子从接球、发球、推挡、扣杀等基本招式学起，不久就可以和小伙伴们在球台上搞擂台赛了。我们练习了一个阶段，等他可以独立玩耍了，我们之间的练习因这样或那样的原因就耽搁了，总是断断续续的。他一个人经常对着屋子内的墙壁练习推挡，乐此不疲、不厌其烦。渐渐地，儿子的技艺提高了，在和同学们打擂台赛时往往连续"坐庄"，儿子很是自豪！

与我们同在校园居住着一位老师，在我领着儿子学打球以后，他也经常领着他的儿子去打乒乓球。我和那位老师之间虽然没有交过手，但我明显地感觉到，他的技艺比我专业得多，水平也比我高许多。我带儿子练习得早，他们练习得晚，都没有想把儿子培养成专业运动员的想法，只是当作学习工作之余的一种调剂而已。

时间久了，儿子们在一起交流和切磋得倒多了。我的儿子跟我学，他的儿子跟他学。久而久之，儿子们的水平就有了差距。渐渐地，我儿子无法再战胜他儿子了！儿子因此常常感到沮丧。但从我的角度看，我儿子的水平现在分明已经很高了！起初陪他练习时，我总让着他，担心挫伤了他的积极性，使他对乒乓球失去兴趣。现在呢？我是想尽所有的办法来赢他，但总是无法轻松战胜他。我的儿子无法战胜那位老师的儿子，主要是因为那个老师的水平比我高，他儿子接受的训练水平比我儿子高。

后来，我和儿子讨论这个话题，儿子说出了这个道理：他跟着我学习打球，我的水平不是很高，他就提高得慢；人家爸爸的水平高，他儿子跟着学打球，自然水平也提高得快。这就叫作"名师出高徒"么！儿子接着又说，要想让自己的技艺和水平提高得快，就必须跟高水平的人学打球；同样，不管做什么事情，要想让自己进步得快，就必须与比自己强的对手过招，向比自己强的对手学习！

听到这些，我欣慰地笑了。是的，学习打球不能怕输，不要怕对手比自己强，只有这样，自己才能学到对方的优点和长处，然后提高自己，继而战胜对手。因此，我既为儿子学会了打乒乓球而高兴，更为儿子能在练习打球的过程中悟出这番道理而由衷欣慰。从这里，我也看到了儿子持续进步和成长的新希望！

2005 年 8 月 28 日

住在顶楼

　　我的家在顶楼，最早的时候，只是每年冬天有暖气的时候才住上几个月。由于住人的时间短，房子受到的烟熏火燎也少，一直还比较干净；加之，妻子也爱整洁，成天总是忙碌着收拾屋子，所以几年下来房子没有多大变化。

　　我这人好静，习惯与书和电视打交道。顶楼上来的人少，外面的干扰和影响相对也小，正好符合自己的需要，因而对我而言是比较理想的住处。过去，冬天在这里住，夏天就回到妻宿办合一的宿舍去住，这里既没有安装空调，也没有接通网络。今年初，感觉自己已经无法离开网络，加之孩子也需要在电脑上学习和查阅资料，才下决心买了一台惠普电脑，并接通了网线。

　　有了网络后，我便与网络建立了"深厚的友谊"。平时，有点想法和认识，就敲动键盘记录下来，在电脑旁消耗的时光就越来越多。有时候是写点东西，改一改材料，整理整理日记；有时候是来到凤凰网、人民网和新浪网看一看新闻，了解一些国内外的大事和热点问题；有时候也会登录QQ，与同学朋友聊一聊天，互通一下信息，了解更多的风土人情；等等。明年，儿子要高考，住的地方也不宜再来回折腾，就安装了格力柜式空调，三伏天也住在了顶楼这个家。

格力空调不错，大中午的时候，只要打开，房子的温度一会儿就会降下来。空调开久了，吹出的凉风会让人感到冷飕飕的。所以，空调只能开一会儿，等屋内温度降下来后，就关掉，热了以后再重新启动。房子的面积是90多平方米，安装的这台柜机是完全够用的。空调安装在客厅，卧室的温度降下来比较慢，等两个卧室温度全部降下来时，客厅的温度就有点偏低。所以，我们有时候就睡在客厅的地板上。妻在客厅的地板上铺一张凉席，我就抱来枕头，一边躺着一边看电视，真是自在。这个时候，卧室的门都可以全部关闭，空调只为客厅服务。

今年夏天比较炎热，我们在顶楼度过，也没受多少罪。昨天，我和儿子谈心，帮他算账，因为儿子从昨天开始，已经踏上了正式冲刺高考的征程。我提醒他，每年6月7日、6月8日高考，满打满算总共300天时间，这期间还有奥运会、春节、高考前的调整休息和其他不可预计因素的影响，所以300天当中又能有多少有效的学习时间呢？一定要在思想上高度重视，增强紧迫感，从一开始就全力以赴来备考，切实从细节和薄弱环节抓起。

住在顶楼，儿子的高考冲刺已经开始，希望儿子在这里圆满完成他高中阶段的学习任务，并且能考上比较理想的大学。但愿顶楼这个家能带给我们好运！

2008 年 8 月 1 日

把握"权威"的度

　　每个人都有个性，每个人身上都有不足。站在各自的立场和角度看同一个问题，不同的人会有不同的看法，并且会采取不同的应对措施。

　　一个家庭需要一个家长，一个单位需要一名负责人，一个国家需要一位领袖，这样的话，即便是大家因各自的立场和利益不同而产生的想法和拟采取的应对措施不同，终究也会在"权威"的协调下，最终形成统一意志，采取步调一致的行动。家长在家庭应该说了算，负责人在单位应该说了算，领袖在国家的重大决策上拥有最终决策权。一个家庭有没有凝聚力，一个单位有没有战斗力，一个国家有没有强大的号召力与发展潜力，与谁最有关系呢？肯定是与那个说了算的人最有关系。

　　每个人都要经历生老病死，在不同的时期所扮演的角色和承担的责任是不同的。一个家庭，如果由一个人一辈子说了算，这个人的思维随着年龄的增长不断僵化的话，大概就要犯故步自封的错误。人体有新陈代谢，人类社会的发展有革故鼎新，家庭的发展进步更有繁衍传承。古语讲，三十年河东三十年河西；还讲，一个家庭前看老子，后看儿子。什么意思呢？人类社会和家庭都是代代传承的，人都有咿呀学语之时，也都有成为中坚和脊梁的辉煌时期；都有被别人呵护的时候，也都有侍奉别人的时候；都有扮演中流砥柱角色的时候，也都有扶杖蹒跚、坐在墙角晒太阳的时候。生老病死是人生无法超越的规律，幼年和老年是人生的弱势阶段，中年当然是人生的鼎盛时期。有的人，不分年龄阶段、能力的此消彼长，不管在什么时候、什么条件下，一味追求扮演主导者的角色肯定是不明智的，甚或是糊涂的。

一个家庭，主事人的思想境界如果狭隘的话，就会把这个家庭带入沼泽之中。特别是老一代人，在家庭事务的决策之中，具有天然的话语权，因为晚辈对长辈的尊重是与生俱来的。如果老一代不根据自己的年龄变化、精力状况和与社会的节奏是否脱节而及时调整在家庭中所扮演的角色，反而一味地追求绝对权威，那家庭的发展就会受到极大的禁锢。老一代抚养下一代，是职责范围之内的事情，每个人都应该尽好这份责任。但是，不能因为老一代抚养了下一代，就始终要以一种高高在上的态度去掌控和支配下一代。儿孙们应该孝敬长辈，但倘若遇到那些不明事理、思想僵化的老人，儿孙们一味地顺从、迁就，从另一个角度讲也是不尽责不尽孝。一个家庭要保持良好的家风和积极向上的发展态势，老一代有责任，年轻一代更有责任，毕竟未来属于年轻一代。明智的老人到了一定的阶段，该从主角位置上淡出的就要毅然淡出，该把未来交给儿女们去打理的就毫不犹豫地交给他们去打理，那样的话，家庭发展才会更有潜力，才更有利于走向长远。倘若有的老人一味抓住人生的接力棒不松手，下一棒能不能传好就很难说了，老人也未必就是真正的明白人。

有些喜欢做主的人往往更喜欢支配别人。有权的人能支配别人，可以吆五喝六地使唤别人，某种程度给人的感觉好像是这些人很有能耐、很能干。其实，喜欢支配别人的人往往都很主观，干成事的就会比较强势，成为很霸道的当权者；倘若没有干成事，那种支配人的欲望，大概就会在家庭生活中去寻找展示的机会，支配配偶，支配子女，支配亲人，支配周围能够影响到的所有角落。

支配人应该有个度的把握，不能什么事情都无原则地去支配，任何时候都去支配。特别是那些刚愎自用的人，自己本来就不怎么明白事理，还千方百计要去支配别人，支配周围的一切，带给大家的不是消极应对和反感还能是什么呢？人应该到什么时候说什么时候的话，总让别人包容自己的不足，那他这辈子就一定无法赢得别人更多的尊敬。

作为人，学会用宽广的胸怀包容别人，也是应该的。包容到一定程度，也应该去纠正一下对方那些离谱的言行，特别是亲人之间，否则的话这些不足和错误就会成为家庭和团队建设的破坏性因素，任其泛滥会十分可怕。

分歧往往是因为利益的冲突而引起的，人与人之间本来就存在亲疏远近之分，一碗水端平永远只能是一种理想状态。包容心应该有度，纠错也应该有度，一味地包容别人的缺点和错误，一味地漠然面对别人的恣意，都是不应该的。最好是把握分寸、对症下药，恰到好处地去应对遇到的各种问题，那样才最富有建设性。

2014 年 1 月 6 日

活着不易

农村邻居家姓李，兄弟姐妹四个，其中兄弟两个。这么多年了，兄弟两个来往不太多，各自的孩子甚至在逢年过节时也不给伯父或者叔父打个电话问候一声，更谈不上定期去探望。

在这样的家庭，亲情很淡，各人过各人的日子，谁也不想给对方增添麻烦，谁也不太愿意替对方分担丁点困难。人在这个世界上生存和竞争，亲人朋友之间的互相提携和帮助必不可少。农民的小农思想比较严重，缺乏团结协作精神，社会化大生产依靠协作的精髓没能植入他们解决问题和处事的思路和方式上。

原来总以为，邻居家是小家小户，兄弟两个显得人丁有点少。前几天与邻居家的哥哥交谈，才知道他的父亲有弟兄四个，一个在河北张家口成家立业，一个在渭南临渭区吝店安家落户，还有一个叔父失去了联系，他父亲流落在当地我们老家。到了他们这一代，堂弟兄有七八个。原来他家是个较大的家族，这一点我是没有想到的，这大概是他们弟兄们关系比较疏远给人造成的错误印象。据说，张家口那个叔父及其子女已经与他们失去联络，倘若再过10年、20年，到了再下一代，宗亲兄弟姊妹即便是面对面坐着，也未必会知道彼此是同宗关系。这样想来，真让人觉得有点心寒。

还有对门一家，老人独身一人活到快90岁高龄，去世后，是养女安葬了他。其实，这个老人的同宗弟兄也不少，但是，他在世的时候，与自家弟兄之间来往比较少，各人过各人的日子，谁也无暇顾及别人，即便是遇到困难，能挺身帮忙的也不多。一个宗族、一个家庭，在人生的道路上，谁都会遇到困难，这个时候，就需要亲人挺身相帮，只有这样，才能规避和化解人生中的各种艰难险阻。而从周边来看，有些人在人生道路上基本都是单打独斗，不管谁遇到困难和问题，亲人之间给予的帮助都非常有限。某种程度上，这也反映了人情的淡薄和世事的沧桑。

一个人只能活一辈子，这辈子只能管这辈子的事情。为子孙后代考虑，为他们的生存发展铺好路，固然可取，但是，把子女和后代教育成才却至关重要。孩子考不上大学不要紧，因为进入大学校园并不是接受教育的唯一途径，但剥夺他们接受教育的权利绝对是短浅和不负责任的行为。经营好这辈子才是基本职责，身后留下什么样的评价同样很重要，稀里糊涂地活过这辈子，身后肯定留不下多么好的评价。所以说，在考虑这辈子的时候，还要腾出一定的精力来考虑身后的事情，那样的话，想问题办事情眼光肯定就会长远许多。

有的人死了，他的名字却留在人们的心中；有的人活着，他却遭到了人们的批评和谴责。不同的人，所走的人生道路不同，价值实现也有很大差别。有人认为，人生就是吃喝玩乐；有人认为，人生就是奉献，就是给亲人和社会创造更多的美好。大多数人活着，还是以生存为中心，用毕生的努力来换取满足个人生存和发展需要的物质和精神需求。一个人持有什么样的人生态度，决定着他就会走出一条什么样的人生道路，继而成就什么样的人生。作为一个普通老百姓，没有造福天下的能力和平台，管好自己、活好自己，在力所能及的范围之内，多帮助一下自己的亲人和朋友也是义不容辞的。

　　看到人世间的许多沧桑，感觉人活着真不容易，珍惜健康幸福的每一天特别重要。至于能为别人做多少事，只要有这个意识，努力去做，能做多少就做多少，也不要太苛求自己了。客观地看，理想与现实之间总是存在着一定的距离。面对现实，不要有过高的奢望，珍惜每天的日子，珍惜生命中遇到的每一次感动，努力使这辈子有付出、有收获、有回味，也就足够了。

2014 年 4 月 9 日

后　记

　　2021年11月，《漫泉咏叹》正式被太白文艺出版社列入出版计划。随后编辑告诉我相关工作就可以展开了，诸如封面的构思、版式的设计、文章的审校、印刷单位的遴选，等等。总算把多年来一直在心头盘算和惦记着的一件非常重要的事项实质性地往前推进了一大步，无形中生出愉悦之感。

　　去年12月，巴基斯坦的航班把德尔塔病毒带到了西安，也殃及了澄城，按照当地政府的要求，疫情防控期间严格限制人员流动和举办聚集性活动，这样客观上促使自己能自主支配的时间就多了些。在这个间隙，我想到后记的事，就从灵魂深处拷问自己到底想说点什么，是否能准确捕捉潜藏在心底的最真切最由衷的声音呢？随之也就起草了初稿，完成之后就一直存在手机文档中再没有仔细推敲。现在，把这篇初稿再次找出来，认真审读一遍，决定把它正式作为本书的后记。

　　我出生在农民家庭，又长期生活工作在基层，因而形成的人生基本价值观便是，一分耕耘一分收获，从不奢望通过侥幸或者走捷径来取得收益或者成就人生。所以，似乎与生俱来就对那种通过辛勤工作创造出辉煌的人顶礼膜拜。

　　小时候在农村，爷爷和父亲在世时，一年到头，全家老小就别想睡个囫囵觉，压根就不知道还有劳逸结合这个讲究。每天天不亮，爷爷就率先起床，挎着个竹笼从大路上捡拾些牲畜粪之类的送到自留地再回来。当看到谁还没有收拾停当时，准会训斥。接着，他就会把当天要干的活一项一项地分配给每个人。父亲也是这样，不是起早贪黑拉土，就是睡半夜起五更地喂牲口、清理猪圈，抑或往地里送大粪、浇水除草，好像总有那么多干不完的活，白天永远都不够用，总要挤出清晨和傍晚的时间来弥补。所以直到现在，当我看到每天黎明把城市街道打扫得干干净净的清洁工时，总觉得日子原本就应该是这样，并不由得对他们生出敬意。

对于泰山、华山上的那些挑山工，我打心底钦佩。他们都是一些普通人，都是为了生存日复一日、年复一年负重不断攀登的人。他们肩上的担子很重，活得很辛苦，可是为了生存、为了子女亲人和肩负的责任，他们过着雾露湿衣襟、顶暑迎风雨的日子，把给予和创造分解成无数个能够被挨个征服的台阶，踏石留印、移步有痕，向着山顶的目标艰难前行。他们通过流血流汗和付出，换来了自己和亲人生存所需要的生活资料。我由衷地敬佩他们，并为他们所折服。

延安对于中国革命具有非同寻常的特殊意义，它是圣地。在那里，中国共产党人建立了陕甘宁边区，民主选举了具有示范意义的苏维埃政权，为了打破国民党的封锁，边区广泛深入开展了大生产运动，在极其艰苦的环境下，以一种特别的气场吸引了来自国统区数以万计的青年学生。1935年10月至1948年3月，以毛泽东为代表的老一辈无产阶级革命家在陕北战斗生活了13个春秋，延安成为中国革命的大本营，在拯救民族危亡和争取人民解放的血与火的斗争中创造了辉煌业绩。延安13年，在此期间发生了一系列影响和改变中国历史进程的重大事件，为中华人民共和国的成立打下了坚实的基础。因此我从思想深处敬仰延安，平时只要触及延安，甚至陕北，一种敬畏之情便肃然而起，而且总是令自己无比激动。

说了这些，似乎与这次出个人集子没有多大关系。但是，从我内心最深处溢出的声音恰恰就是这些东西，它也是促成我决定出这本书的根本原因。《漫泉咏叹》这本集子共收集文章93篇，贯穿从20世纪80年代我参加工作之初至五六年前的这几十年，这些文章都是平时不经意间写出来的。写文章也算是自己的业余爱好，只是平时没有把更多的精力放到这上面。但是，一个时期倘若没有写上那么一两篇短文，情绪就会很焦躁，精神就会很不宁，这也是客观事实。所以，平时只要有了兴趣就动笔写一点，顾不上了也不强求而为之。长期坚持，不知不觉之中就积攒了这些短文。也可以说，这本集子是自己有意无意长期恪守着一个爱好的收获，它是自己的心血、汗水和思想火花的结晶。看到它，自己很欣慰、很惬意，因为它也是辛勤劳作浇灌出来的。

准备结集出版这个集子，便恳请过去的老领导、著名诗人李永刚先生作序。我与这位老兄长期在一起工作，他的人品、水平和能力都是我非常敬仰的，某种程度也是我大半辈子学习的榜样。更何况，他对我这么多年的工作、学习和生活都比较了解，也是比较肯定我的知遇者，应是作序的不二人选。当我把书稿交与他时，他便爽快地应允了，只是自己心中稍微有些忐忑，生怕因书稿的质量辱没了他的名声。为了增加书籍的文化感、传统感和厚重感，我又发微信恳请中国煤矿文联副主席、秘书长盛军先生篆刻一方书名印章，没想到仅8天时间，盛先生就刻成了两方印章，还顺带给我寄来了祝福2022年新年的书法作品。原渭南日报社社长李宝群先生亲自动笔为我题写了书名，也算是从他那里得到了对我这么多年所付出的肯定。在后期，我又约请我的朋友、画家党建龙先生结合文章的内容创作了插图，给本书添彩不少。我的书稿形成得早，中途进行过两次大的修改校对，我的同事李晓会女士、王源先生和薛双娟女士先后做了大量具体工作，太白文艺出版社的史婷女士、汤阳女士等，也都为书籍的出版提供了难得的支持和帮助，在此一并致谢！

尽管这个集子选的文章都有了些年头，有的还是自己刚参加工作时写的，显得很稚嫩，分量不够，但毕竟都是自己成长过程中采撷的小花，反映的是自己真实的人生历程。因之，也必定会受到某个时期某个阶段个人思想认识和能力水平局限的影响，错误和不足在所难免，在此再次恳请诸位同事和朋友不吝赐教！

2021年12月30日初稿

2022年5月18日完稿